• Book 1 •

THE KEEPERS

Museum of Thieves

博物館之賊

LIAN TANNER

蓮恩・塔納——著 周倩如——譯

很久以前，博物館裡有四位管理員：丹先生、歐嘉・西亞佛嘉、西紐和小男孩阿沫。在平凡的日子裡，這些人手就已足夠保護博物館和其秘密的安全，然而，當時並非平凡的日子。

危險正步步逼近，到處都有跡可循。管理員們不知道危險從哪裡來，也不知道何時會爆發，唯一可以確定的是，它將不易抵擋。

西紐使盡所有的藏匿術本領，出發尋找一個可以受訓成為第五位管理員的孩子。他發現的前六個孩子都不適合，而第七個孩子叛逆又任性（根據她的官方紀錄），她已經戴過三次懲罰鏈，那一年幾乎才剛開始呢。

她就是最後成為第五位管理員的那個女孩，一個改變了博物館和城市命運的女孩……

——節錄自《鄧特博物館：一段隱藏的歷史》

1 分鏈日

歌蒂・羅絲痛恨懲罰鏈。她痛恨懲罰鏈勝過一切——大概除了那些神聖護法以外吧。她悶悶不樂地盯著圓石地板，讓沉重的黃銅手銬拴住雙手，鎖鏈的重量落在雙肩上。

接下來發生的事可想而知，霍普護法會從七戒書裡對她引述愚蠢的大道理，康佛護法可能也會說上幾句，然後兩人會高興得志得意滿。

果不其然，這就來了。霍普護法用力拉了拉懲罰鏈，確保鏈條已經牢牢鎖緊；接著她伸起一隻胖手指。「急躁的孩子，」她說，「就是不安全的孩子。」

「不安全的孩子，」康佛護法把雙手虔誠置於胸前說，「讓其餘孩子陷入危險！」

我只不過趕了幾步路，歌蒂心想。但她什麼也沒說，不想讓自己惹上更多麻煩，今天不行。喔，不，今天絕對不行……

她側眼瞄了瞄她的同學們，傑比、波朗、戈洛伊、佛德全都望向別處，唯恐遭受池魚之殃。只有菲佛看著她，眼神嚴肅，雙手偷偷地輕動，一會兒合起，一會兒彈開，打起了手語。

對神聖護法而言，菲佛像是在剪衣服上的線頭，或是在轉動那只小小的銀色守護鏈。但對歌蒂而言，一字一句就如玻璃般透徹。別擔心，用不著多久了。

歌蒂想要微笑，但是懲罰鏈的重量似乎抽離了身上所有的快樂。今天本該是一個大好日子，她用力地比手劃腳，現在看看我的德性！

「妳在皺眉嗎？」霍普護法說，「妳在對我皺眉嗎？歌蒂？」

「不是的，護法。」歌蒂喃喃地說。

「她的確皺了眉頭，夥伴。」康佛護法說。一大清早天氣就相當炎熱，他撥開肩上的厚重黑袍，擦了擦額頭。「我清楚看見了！」

「也許黃銅手銬的懲罰還不夠，」霍普護法說，「讓我想想，該怎麼做才會讓妳印象更深刻？」她的目光落在歌蒂衣服上的藍色陶瓷鳥胸針。「那枚胸針，妳從哪兒弄來的？」

歌蒂的心一沉，「媽媽給我的。」她喃喃地說。

「大聲點！我聽不見。」

「媽媽給我的，這是我佩斯阿姨的胸針。」

「就是那個好幾年前失蹤的阿姨？」

「是的，護法。」

「失蹤？」康佛護法揚起眉毛說。

「佩斯．科氏在她分鏈那天之後就失蹤了。」霍普護法說，「她太魯莽了，就像她這位小姪女一樣。沒有護法的保護，她可能已經掉到運河裡淹死了，或是被人口販子綁走，過著慘澹的生活。」

她回頭看看歌蒂，「這枚胸針對妳和妳的家人很重要？」

「是的，護法。」歌蒂喃喃地說。

「那麼我想妳戴著這枚胸針時，會想起那個魯莽的阿姨囉？」

「會——我是說，不會的，護法！從來沒有！」

「我不相信妳，妳的第一個答案才是實話，妳不該擁有這種小飾品，這是不良示範。」

「可是——」

霍普護法用力一拉，懲罰鏈發出鏗鏘鏗鏘的聲響。歌蒂吞下怨氣，若是其他日子，她一定會不惜後果爭辯到底，但今天不行，今天絕對不行！

霍普護法迅速扯掉藍色胸針，順手放進她的長袍口袋裡。歌蒂眼睜睜看著那隻希望之鳥消失在黑暗中。

「現在，」霍普護法說，「我們得趕緊上路了。」她的嘴歪成一抹嘲諷的淺笑，「這麼重要的儀式，我們千萬不能遲到了，是吧？否則至高守護者一定會非常失望的。」

她動身穿越孤寂廣場，歌蒂步履踉蹌跟在旁邊，鏈條仍鏗鏘鏗鏘地響著。其他孩子緊緊跟在康佛護法後面，守護鏈繫在他的皮帶上。路過的人先是看了歌蒂一眼，又很快地轉移目光，彷彿她有傳染病似的。

當然，大家早就習慣孩子被銬住的模樣。璀璨城的孩子從學會走路的那一刻，直到分鏈日之前，左手手腕都會配戴一只銀色守護鏈。每當他們在屋外時，守護鏈就把他們和父母繫在一起，或是繫在一位神聖護法身上；夜晚則繫在床頭，確保父母熟睡時，沒人會闖進屋內把他們帶走。

但是懲罰鏈卻大不相同，懲罰鏈銬在兩隻手腕上，比起小巧的銀色守護鏈要重得多，而且還會發出丟臉的鏗鏘聲，如此一來所有人都知道你惹惱了神聖護法，這可是非常危險的事……

他們接近大運河時，歌蒂聽見前方傳來隱約的喧嘩聲，康佛護法停下腳步，歪著頭問道：「那是什麼聲音？前方有危險嗎，夥伴？」

霍普護法把懲罰鏈拉得更短，一路拖著歌蒂走過狹窄的街道直至下個轉角。歌蒂緊咬著牙，努力不去想起那枚藍色胸針。

「沒事，」霍普護法大叫，「只是人潮罷了。」

康佛護法帶其他學生到轉角處，看著絡繹不絕的人群走在大運河旁的林蔭大道上。

「大家要上哪兒去？」康佛護法說，「市集是明天啊。」

「我猜他們往大禮堂去了。」霍普護法說，接著她提高嗓門，「去見證分鏈儀式，這天理不容的褻瀆之事！」

幾個路人回頭看看誰在說話，他們見到兩位神聖護法，身子似乎縮了一下，彷彿光是見到黑袍和方型黑帽就足以令人害怕。

歌蒂突然感到一陣憤怒，她痛恨大家在護法面前的舉止，彷彿矮一截似的。她把雙手移到菲佛看得見的位置。

明天我要去抓一隻暴風犬，她打起手語。飢餓的暴風犬，然後裝進袋子裡，帶回來送給霍普護法——『喔，神聖護法啊，這份禮物是要答謝您多年來的細心照顧，請放心拆開吧！』

菲佛雖然面無表情，卻眉開眼笑的。沒用的，她比劃著，暴風犬看到霍普護法那張醜臉就被嚇死了。

「我不懂守護者在想什麼，」康佛護法一邊抱怨，一邊凝視人群。「竟然將分鏈年齡從十六歲降到十二歲！如果她夠聰明的話，應該要提高才對！提高到十八歲，或是二十歲！」

「守護者是個笨蛋，她認為璀璨城已經比以前安全，該是時候除舊布新。」霍普護法說。她和康佛護法相互對望，輕蔑哼了一聲，然後拉著孩子走進人群。

人們立刻讓路，沒一會兒他們就走在偌大的空地上。歌蒂心想，地上好似有條隱形線把他們圈住，沒人敢跨越雷池一步。

「看看他們，」霍普護法不滿地說，「當我們是野狗一樣的迴避我們。他們不知道自己有多麼幸運，有我們來保護他們的孩子！」

「也許我們該提醒他們一番，夥伴。」

霍普護法若有所思地點點頭，「也許。」她提高嗓門，「夥伴啊，任何有腦袋的人都很清楚，守護者降低分鏈年齡，等於犯了嚴重的錯誤，你不認為嗎？」

「是啊，夥伴。一個非常嚴重的錯誤。」

「現在的璀璨城就和以往一樣危險，只有神聖護法的警覺心才能確保孩子的安全，沒了警覺心我們都會回到糟糕的老日子！大家都忘了那些日子有多難受了嗎？大家都忘了水患和傳染病了嗎？」

「還有紫熱病、」康佛護法誇張地顫抖著說，「化膿的瘡痂、瘟疫！」

附近人們不安地面面相覷。

「忘了人口販子了嗎？」霍普護法說。

妳忘了妳的胸針了嗎？歌蒂腦中的聲音低語道。

歌蒂雙眼一睜，她從小到大總是可以聽見這個聲音，像是內心深處傳出的耳語，有時害她惹上麻煩，有時又幫她脫離險境，她從未跟任何人提過這件事，甚至爸媽或是菲佛也不例外。

她不會還給妳了，聲音低語，妳可能沒有機會再離她這麼近了。

歌蒂低頭看看自己的右手，現在正貼在霍普護法的袍子旁。不行，她在心中搖搖頭，這絕對會闖出大禍，如果霍普護法發現胸針不見了，試想後果有多嚴重！

她會以為她把胸針搞丟了，聲音低語，況且，今天是分鏈日。

分鏈日！就是今天，歌蒂的銀色守護鏈將正式拆除！從今以後，她就可以獨自走在大街上，不需要和神聖護法繫在一起，這會是一個嶄新生活的開端。

也許聲音是對的……

康佛護法傾身靠近霍普護法。「根據可靠消息指出，」他大聲地說，「人口販子的船隻就在海上，等待我們降低戒備！騙子納金、老巫婆史金，還有惡名昭彰的魯伯船長。告訴我，一個十二歲的孩子該如何對抗這些怪物？」

一個走在隱形線邊緣的男子小聲地說，「七靈神會保護我們。」然後焦急地彈動手指，歌蒂也趕緊照做，以防萬一。

璀璨城的七靈神並非善靈，祂們既暴力又情緒化（除了禿神索克以外，祂的問題出在詭異的幽默感）。供奉七靈神是件棘手的事，不能忽視祂們，因為神不喜歡被忽略，但是祈求祂們的幫助又很冒險，如果祂們情緒正壞，可能會讓天空下起火球，即使你要求的是讓芒果成熟的和煦氣候。

因此，如同大部分的人一樣，歌蒂有麻煩時會呼喚祂們，但同時她也會彈彈手指，意思是，別擔心我！請去幫助其他人吧！

她當然不想讓大木神和其餘眾神盯上她，不想任何人關注她。幸好，緩緩前進的人潮皆直視前方，個個努力讓自己看起來毫不起眼，這麼一來神聖護法就沒碴可找。沒人注意歌蒂。

歌蒂想起了迷失在霍普護法漆黑袍子裡的藍色小鳥，又想起了佩斯阿姨，勇敢的佩斯阿姨！她深吸一口氣，把懲罰鏈的手銬盡可能往前臂上推，越高越好，不讓手銬發出聲響或礙著了事，然後她偷偷把手伸進霍普護法的口袋。

她一向擅長無聲移動。她像一片落葉慢慢探進黑暗，礙事的鎖鏈沒有發出聲音，霍普護法沉著臉，在她身旁大步地走。

歌蒂的指尖碰到了張開的翅膀。

突然間，她感覺到有人在監視她，手在黑袍口袋裡瞬間凍結。歌蒂盡量保持鎮定，四處張望，卻沒有看見任何人，只有一堆普通、害怕的人群。除了……除了目光掃過的某個角落……

看仔細點，她腦中的聲音低聲說。

歌蒂仔細地看，看見了一抹不屬於周遭人群、若隱若現的黑影。不知道為什麼，她無法將視線集中在黑影上，光線似乎……穿了過去，彷彿黑影是不值得一顧的東西。

看仔細點。

就在這時，歌蒂看見了，一個又高又瘦的男子，身穿一件老式的黑色緊身上衣，過短的袖子顯然與他的長手臂不合身，導致伸出的腕關節十分彆扭。他一邊保持速度跟在孩子和護法後面，一邊直盯著她。

他發現歌蒂回頭看他，表情驚訝得不知所措，他趕緊躲到另一個男子身後，接著消失在人群中。

歌蒂的手指又恢復了力氣，她緊緊握住藍色小鳥，從霍普護法的袍子裡拿了出來，小鳥似乎在手中拍著翅膀，感謝她所賦予的自由。

即便懲罰鏈很沉重，但是歌蒂的內心湧起一股興奮感。今天是分鏈日，再過一個小時，她也要自由了。

2 至高守護者

一直到了大禮堂門口，霍普護法才拆掉歌蒂的懲罰鏈。她解鎖後，歌蒂如釋重負地鬆了口氣。現在只剩下守護鏈了，而且也快要消失了！

歌蒂的爸媽和其他父母一起在禮堂等候，霍普護法和康佛護法解開皮帶上的守護鏈條，安靜將孩子一個個交出，父母立即把守護鏈扣住自己的皮帶。

一群人走向舞台時，媽媽在歌蒂耳邊低語，「是真的嗎？親愛的，她真的在妳的分鏈日這天給妳銬上懲罰鏈？喔，我簡直不敢相信！她真是鐵石心腸！」

「噓，」爸爸低聲說，「妳知道護法們的耳朵有多靈敏。」

歌蒂的同學離開神聖護法後，言行舉止自然多了。歌蒂後方的奧斯特先生咆哮道，「傑比！別跳來跳去！你差點把我的腳給扯斷了！」

「抱歉，爸。」傑比說，聽起來一點歉意也沒有。

「我想你應該很高……高興他要分鏈了。」菲佛的爸爸柏格先生說，他有輕微結巴，「這對他們而言是個考驗，不是嗎？到了這個年紀。」

「我不知道我還能不能再忍受四年，」奧斯特先生說，聲音大到令人難以相信，「他老是手舞足蹈，我被弄得全身是傷，真感謝守護者降低了分鏈年齡。」

「沒錯。感謝，感謝。」另一對父母喃喃地說。他們的臉色蒼白，歌蒂認為他們看起來已經很久沒有好好睡過一覺了。

大家在台下排成一列，等御用銀匠來解開孩子的銀色手銬。禮堂擠滿了圍觀群眾。舞台的前排，有十二位新聞記者正為明天的報紙作筆記。

爸爸拍了拍歌蒂的手臂，「妳不是在害怕吧？親愛的。」

「我沒有。」歌蒂說。

「妳當然不怕啦。」媽媽立刻說道，接著猶豫了一下，「不過等妳分鏈了，妳會小心提防那些人口販子，是吧？」

柏格女士靠近他們說，「還有毒昆蟲。」

「失控的越野車。」爸爸說。

「鋒利的刀子。」奧斯特女士說。

歌蒂聽見遠方傳來一記微弱的撞擊聲，她東張西望，然而其他人似乎沒有注意到。

「攻擊人的鳥，」奧斯特先生說，「發狂的狗，任何品種的狗！」

「骯……骯髒的水，」柏格先生結巴地說，「汙穢的水，疾……疾……疾病叢生、溺死孩子的水！那是最令我擔心的。還有迷……迷路，無論如何，千……千……千萬別迷路。」

這些警告歌蒂已經聽過上百次——不，上千次了。她低頭對菲佛咧嘴一笑，但她的朋友正嚴肅地對這些熟悉議題頻頻點頭。

「這倒提醒了我，」媽媽說，從口袋拿出一個小包裹，「親愛的，我們替妳買了樣小東西慶祝。」

不出所料，是一只羅盤。傳統的分鏈日禮物要不是一只羅盤（這樣迷路了就可以找到回家的路），就是一個口哨（遭到人口販子攻擊時可以尋求幫助）。

歌蒂看到羅盤時，裝出驚訝又高興的聲音。然而內心裡她希望得到一把瑞士刀，好替自己擺脫困難，英勇前進；或是得到一台小型望遠鏡，讓她可以一邊觀看遠方，一邊夢想長大成人的那一天，把璀璨城和神聖護法遠遠拋在身後。

二十分鐘後，歌蒂和她的朋友，以及其他一百個孩子和父母一起站在大舞台上。今天是世人記憶中最盛大的分鏈日，璀璨城十二至十六歲的孩子們即將獲得自由。

歌蒂的手銬和鏈條已經解開，她和媽媽現在只用一條白色絲帶綁在一起。她的左手又熱又怪異，守護者走上台時，她的身體湧上一股緊張不耐的感覺。

璀璨城的至高守護者並不高大，她身穿一件深紅色袍子，配戴一條金色手鏈，比歌蒂的媽媽稍高一些，頭髮如稻草般灰黃。她上方的大禮堂玻璃圓頂光線充足，機械鳥吊著銀線在樑柱間來回呼嘯，機械蝴蝶的翅膀則不停張張合合。

守護者推了推眼鏡，面向群眾。「很久以前，」她洪亮地說，「並沒有璀璨城這個地方，只有一個名為鄧特的骯髒小海港，就位於法龍半島的南岸，宛如老人下巴上的毒瘤，而這個毒瘤般的海港，同樣佈滿疾病和危險。」

歌蒂聽見觀眾席一陣鼓譟，每個人都準備好要聆聽這個著名的故事。然而這一次，守護者並沒有和大家提及祖先們是如何從梅恩城遠渡重洋到這裡建立殖民，也沒有告訴他們有關內戰、魔獸之戰、獨立戰爭的故事，或是水災、謀殺、饑荒的故事，更沒提到在『絕望之年』那一年，發生孩子如蒼蠅般成群死去的慘劇。她沒有告訴大家，為了拯救活下來的孩子，許多人英勇奮鬥的事蹟，以及那些人成為第一批神聖護法的過程。

相反的，她微笑說，「但那都是很久以前的事了。兩百多年來，我們的城市逐漸洗淨毒害，運河築起了圍牆，空曠街道蓋了起來，蟲魚鳥獸業已驅散，汙穢的鄧特港變成了美麗的璀璨城，我們不再需要如此提心吊膽。」

許多人點頭表示贊同，但是歌蒂看到有些人顯然不同意。霍普護法坐在觀眾席第二排，臉色氣得發黑。

「我身後的這些孩子，」守護者說，「即將帶領我們進入一個美好的未來。」

她停頓了一下，歌蒂趁機瞧了瞧同學。菲佛正在咬指甲；佛德面露微笑，但笑容僵硬，彷彿早些時候把微笑掛上後便忘了卸下；波朗和戈洛伊緊張得臉色發白，傑比則不停抖動雙腳，歌蒂聽見奧斯特先生氣憤地低聲說，「看在七靈神的份上，傑比，你就不能安靜五分鐘嗎？」

觀眾緊張地笑了笑，守護者再次微笑，「首輔大人，」她說，「現在將獻上祝詞。」

禮堂裡一陣靜默，沒人輕舉妄動。「首輔在哪裡？」歌蒂悄悄問媽媽。

就像為了回應歌蒂一樣，觀眾席傳來沉重腳步聲。「讓開，讓開！」霍普護法叫道。她一個箭步踏上舞台，大動作地拍整袍子以及調整帽子。

守護者從眼鏡上方盯著她看。「有任何變動嗎？」她說，「沒人通知我，你們的領導呢？」

「守護大人，」霍普護法說，「首輔大人應該要到了，但看樣子他似乎有事耽擱了，也許我們也應該把分鏈日延期。」

歌蒂的心揪了一下，然而守護者輕柔地說，「護法，如果首輔不在，我相信妳可以執行祝詞儀式。」

「喔，不，這不是——」

「現在開始，護法。」守護者說，口氣不再溫柔。

霍普護法又急忙整理了她的帽子，然後橫眉怒目地看著一排排的孩子，「汝等保證將保持警覺，不危害自己或他人，」她含糊地說，「即便不再受到神聖護法的保護？」

歌蒂突然口乾舌燥，她與其他一百個聲音齊聲回答，「我保證。」

「汝等保證將透過神聖護法，尊敬七靈神並尊重祂們安排的命運？」

「我保證。」

「汝等保證無論在何處碰上褻瀆神靈之事，將立刻避開並加以譴責？」

「我保證。」

霍普護法猶豫了一下。歌蒂緊緊握著拳頭，指甲深深陷入掌心。

守護者清清喉嚨說，「請繼續。」

「那麼汝等必將得到祝福。」雖然霍普護法相當不情願，她的聲音還是恢復了原本的節奏。她根據重要程度依序叫喚七靈神的名字，以免侵犯到任何一位，「願大木神永不在夜晚派出黑牛把你擄走！願哭泣女神要其他人為她的眼淚負責！願雷神、夢神、匠神遺忘你的姓名！願你永不需要助神的幫忙！願禿神索克到別處開玩笑去。」

每位神祇被叫到的同時，歌蒂一一彈動手指。

「將祝福獻給汝等，將祝福獻給汝等，將祝福獻給汝等，功德圓滿！」霍普護法一說完證詞，立刻昂首闊步地走下台，彷彿不想再和這場儀式有任何牽連。

「指揮官？」守護者低聲說。

民兵部隊的指揮官一直站在旁邊，他遞給守護者一把小剪刀，守護者則從袍子口袋拿出一張紙。她瞇眼看著紙上的名字並大聲喊，「歌蒂．羅絲。」

歌蒂打了個冷顫，她是第一個！在爸媽的陪伴下，她向前走了一步。

至高守護者揚起微笑，眼鏡後方那雙眼睛銳利又聰慧。「伸出妳的手。」她說。

歌蒂把手伸出來，白色絲帶撐得緊繃。

「拜七靈神的慈悲，」守護者大聲地說，「以及守護法規所賜，將這個孩子分鏈！」

她舉起剪刀，媽媽發出尖細刺耳的反抗聲，但一句話也沒說；爸爸緊握著歌蒂的肩膀；觀眾席裡，記者們用筆沾了沾攜帶式墨水瓶，開始振筆疾書。歌蒂大氣不敢吭一聲……

禮堂盡頭傳來巨大腳步聲，木造大門為了抵擋酷暑而大門深鎖，守護者停下動作。

「讓我過去！讓我過去！」一個微弱聲音大叫著。

走開！歌蒂心想。不要打岔！

其中一個守門的士兵微微拉開大門。「噓！」他說，「守護大人正在舉行分鏈儀式。」

一名男子從士兵旁邊擠了過去，他的黑袍又破又髒，臉上血跡斑斑。「天下大亂了！」他叫道，「謀殺！那些孩子——」接著便突然昏倒在地。

3 首輔大人

觀眾席裡的人群蜂擁而起，湊到昏倒男子面前，此起彼落地喊叫著。

「怎麼了？」

「那是誰？」

「什麼孩子？」

「別踩著他了，小心點！」

「他說什麼？謀殺？」

「替他拿張椅子！還有水！」守護者大聲叫道。她把剪刀塞進指揮官手中，跳下舞台，推開人群向前走。

媽媽緊緊抱住歌蒂，爸爸一把摟住兩人。「那些孩子，」他低聲說，「那些孩子發生了什麼事？」

歌蒂感覺自己的左腕在燃燒，她把右手伸進口袋，緊緊握住那枚藍色小鳥。快，她心想，快點結束這場鬧劇，好讓分鏈儀式可以繼續進行。

一名士兵提著一壺水穿過人群，倒了一些清水在闖入男子的頭上，男子呻吟一聲爬坐起來，此時有人倒抽一口氣說，「是首輔！」

歌蒂驚訝地看著這個蓬頭垢面的人物。璀璨城的首輔大人是神聖護法的領袖，也是七靈神的發言人，他又高又帥，每次出現在公眾場合總是容光煥發，頭髮烏黑亮麗，袍子上的銀色鑲邊閃閃發光。

但是現在他的袍子破爛不堪，額頭沾滿血跡；血跡斑斑的臉上則佈滿灰塵，表情恐懼不已。人群陷入一片寂靜，首輔四處張望，儼然不知道自己身在何方。「發生……發生爆炸，」他沙啞地說，「那些孩子……」

他突然語塞，無法繼續說下去。歌蒂想起她聽見的那記微弱撞擊聲，原來是爆炸的聲音！

「大木神保佑！」媽媽低聲說，一邊彈動手指，一邊把歌蒂抱得更緊。

「給他點水。」守護者命令道。

首輔將整壺水一飲而盡，血紅的手擦了擦嘴，開始對飽受驚嚇的人群敘述事情發生經過，他的身子不由自主地顫抖，每講幾句就停下來喘氣。

「今天早上……舉辦了一場遠足……就只有四個孩子以及他們的護法……我邀請他們在分鏈儀式前參觀我的辦公室，七靈神請饒恕我。」

他的聲音比蚊子還小，但是就歌蒂聽來，聲音迴盪整座禮堂。

「當時我們在……圖書館內……我帶他們欣賞一些肖像畫……在我前任幾屆的首輔……全是些令人尊崇的偉人……效忠七靈神……照顧城裡的孩子……」

他又停了下來，有那麼一刻，歌蒂以為他要嚎啕大哭。一滴淚水滑落他的臉頰，在滿是灰塵的臉上劃出一條溝渠，他擦乾眼淚繼續說道。

「感覺就像……被用力揍了一拳。護法們……為了保護孩子奮不顧身撲上去，沒人明白到底發生了什麼事，我們都被震聾了……噪音、掉落的石灰……周圍坍塌的牆，那些孩子……」

爸爸突然發出哀嚎，媽媽大聲啜泣起來，其他人也不例外。守護者舉起手示意群眾安靜。

「等我們重見光明，」首輔說，「孩子們都安然無恙——嚇壞了但無恙，除了……一個小女孩……來自……」

他顫抖地深呼吸，「來自……菲荷邦運河的小女孩，她……死了。」

禮堂瞬間掀起喧嘩，歌蒂可以聽見自己驚恐的喊叫哽在喉頭不斷迴盪，爸媽把她抱得更緊了。死？死掉？一個孩子？在璀璨城裡？這就彷彿每個人最糟的夢魘終於成真了。

守護者的臉如紙一樣蒼白，但她再次舉起手要求安靜，「你進門的時候，」她幾近鎮定地說，「大叫著謀殺。」

「我以為……我們以為這一定是水煤爆炸，」首輔說，「以為是一場意外，可是有個目擊證人看見……兩個逃跑的男子，一對陌生人。而且護法們找到了引爆裝置的……殘骸。守護大人，我對七靈神發誓，那不是意外，而是……炸彈攻擊。」

接下來的幾分鐘充斥一片混亂的噪音和喊叫。歌蒂覺得體內的空氣被抽乾了，她看見守護者招手示意指揮官到身邊，兩人似乎在爭吵，守護者嚴厲地斥責他。他回到舞台上，站在歌蒂旁邊，表情僵硬又生氣。

守護者急忙離開禮堂，其餘士兵緊跟在後，群眾紛紛讓出一條路，人人臉上都是相同的驚訝表情。有炸彈？在璀璨城裡？

「不可能。」爸爸不停喃喃自語，「不可能！」媽媽的眼淚浸濕了歌蒂的衣服。

首輔疲憊地站起來，引起禮堂一陣騷動，大家連忙趕去幫他，但他揮揮手回絕，拖著身子走上舞台。

「各位朋友，」他語氣沉重地開始說道。

群眾又逐漸安靜下來，雖然許多人仍然止不住啜泣。

「各位朋友，危險無所不在，誰能預料下一個受害地點呢？我們務必祈求七靈神保佑我們。」

歌蒂趕緊含糊地禱告一番，同時彈動手指。別保佑我們，大木神！別庇護我們，哭泣女神！祢們已經做得夠多了！到別的地方去吧！拜託！

「至高守護者已經動身處理這件慘絕人寰的悲劇，」首輔繼續說，「以謹守她的職責。然而，若她在現場的話，我相信她一定也會同意接下來的事，七靈神的意願已經非常清楚，現在不是改革的時候，因此這場分鏈儀式就此取消。」

有那麼一會兒，歌蒂全然聽不懂首輔所說的話，她從小到大就是為了等待今天的來臨，儀式不可能取消，就算是炸彈或死掉的小女孩也一樣，就是不可能。

可能嗎？

她那隻握著藍色飛鳥的手相當冰冷，然而內心又是一團熾熱，宛如有人在她體內點火。

「爸？」她低聲說，試圖控制音量，「首輔有權這麼做嗎？」

看來他似乎可以。首輔已經把銀匠召回舞台上。

爸爸嘆了口氣，「親愛的，現在繼續進行儀式實在太危險了，也許明年守護者會再試試。」

「或是後年。」媽媽一邊安撫歌蒂，一邊把她推向銀匠。

歌蒂體內的怒火越燒越烈，她腦中的聲音悄悄說，妳等不了那麼久了，妳今天一定得分鏈。

「我等不了那麼久！」歌蒂說，話就這麼從嘴裡蹦了出來，「我今天一定要分鏈！」

霍普護法突然轉過頭來，「奇怪的孩子！一宗謀殺案發生了！妳的恐懼上哪兒去了？妳為什麼沒有焦慮不安？」

「她只是太沮喪了。」媽媽立刻說道，她把手放在歌蒂的額頭上，「打擊太大造成的，她很快就會好起來。」

「我永遠不會好起來！」歌蒂說。她知道自己只是把情況越弄越糟，但她就是忍不住。「你們答應我們今天可以分鏈！你們答應過的！」

現在禮堂裡的人似乎個個都注視著她，但她不在乎。她只知道自己再也無法忍受銀色手銬綁住手腕，以及鏈條啪地一聲扣在別處的滋味。

首輔盯著她，「這是誰家的孩子？竟敢質疑神聖的七靈神？」

霍普護法虛偽地笑，「大人，她的名字是歌蒂・羅絲，老是闖禍，我不久前才把懲罰鏈從她身上拆下來。」

「那麼也許妳應該再幫她銬上，」首輔說，「直到她學到教訓為止。」

「她沒有做錯事！」媽媽哭喊著說，「她只是有點沮喪。」

「沮喪？」首輔吐出這兩個字，「女士，妳的女兒不是沮喪，妳的女兒是愚蠢！叛逆！如果她敢反抗權威，那麼她理應戴上懲罰鏈。」

「不！」歌蒂說，嘴巴似乎已經完全失去控制。

「當然啦，除非……」首輔說，「你們寧願把她送進看管中心。」

「沒有這個必要。」爸爸說。歌蒂感覺到他在顫抖，但聲音很平靜，「首輔大人，我太太無意抱怨，我們女兒會乖乖戴上懲罰鏈，是吧，親愛的？好了，好了，當然是了，那就這麼說定了。」

霍普護法爬上舞台，手裡拿著沉甸甸的黃銅手銬。首輔轉身面對人群，抬頭挺胸站直身子，「這場悲劇讓我們明白，」他大聲說，「這座城市需要更多神聖護法！」

不！歌蒂心想。

「每棟公共建築必須派任一位常駐護法！」首輔大聲說，「必須有人來保護我們最珍貴的資產，我們的孩子！」

群眾爆出一陣歡呼。

「記住，」首輔高聲喊叫，「害己等同於害人。」

「維護安全，人人有責！」霍普護法跟著唱和，群眾也跟隨她扯著喉嚨大聲喊叫。

這時，一個瘋狂念頭佔據了歌蒂的腦袋，她不想要安全，她想要自由！白色絲帶纏著手腕，大禮堂高聳的玻璃圓頂壓迫著她，她覺得自己要窒息了。

看啊，聲音低語道，看看指揮官，看看他身後。

歌蒂低下頭，指揮官正好站在她旁邊，他身後的舞台後方，有一扇小門。

「危險無所不在，」首輔說，「危險四面埋伏，從不休息。」

「小心謹慎，人人有責！」

歌蒂吞了一口口水，聲音在耳邊清晰響亮，她差點以為大家一定都聽見了。她的心臟幾乎要跳出喉頭，指尖又刺又麻。

她緊握藍色瓷鳥。也許佩斯阿姨不是被人口販子帶走，她心想。也許她只是逃走了，因為她再也無法忍受住在這裡。

「當心魯莽，當心愚勇，兩造只會為我們帶來災難！」首輔叫道。

「當心害怕，人人有責！」

隨著最後一句附和聲逐漸消失，霍普護法大聲叫道，「為首輔，七靈神的神聖公僕獻上三聲喝采！萬歲！萬歲！萬歲！」

歌蒂周圍的喝采聲浪如海嘯席捲而來，她閉上雙眼。等到眼睛再度張開時，菲佛正望著她。

歌蒂試圖擠出微笑，但她做不到。她放開藍色小鳥，靜悄悄地把手溜進指揮官的口袋，眼光始終停留在好友身上。

菲佛目不轉睛地看著她，群眾仍不斷地喝采。歌蒂在口袋摸索著，拂過一條手帕，一串鑰匙，手指如空氣般輕柔。

就在這時，剪刀找著了，她偷偷把剪刀拿出指揮官的口袋，然後放入自己的。站立不動突然變成這輩子最困難的事，她全身上下都在顫抖，菲佛嚇得眼睛睜得老大，一句話也沒說。

歌蒂向後仰，頭靠在爸爸寬闊的胸膛。「爸，我愛你。」她輕聲說。周圍噪音實在太大，他也許根本聽不見，但他仍然舉起手撫摸她的秀髮。

歌蒂親吻了媽媽的臉頰。「媽，我也愛妳。別為我擔心。」

「什麼？」媽媽說，手放在耳朵旁。「再說一次，親愛的？」

歌蒂感覺到從眼睛後方湧出的淚水，她甩乾眼淚，在口袋裡將剪刀開開合合，確保自己知道該如何使用。

她看了觀眾席一眼，接著眼神掃過一片空氣。她趕緊回神，那個身穿黑色緊身衣的男子就在觀眾席裡，看著她……

然而現在已經沒有時間理會了，她腦中的聲音叫著，快走！快走！

歌蒂從口袋抽出剪刀，喀地一聲剪斷白色絲帶，然後，趁沒人阻止她以前，跑下舞台往大禮堂的後門衝了出去。

4 幾份不重要的文件

守護者從水上公務車的踏板上無力地走下來，腳上的雞眼隱隱作痛，整個人又疲累又悲痛。今天真是一團糟。

她原本打算在分鏈儀式結束後立刻離開大禮堂，前往堤岸視察。岸邊的防洪堤保護璀璨城免於大海侵襲，但根據負責人表示，那些防洪堤現在急需維修。

堤岸沒去成也就罷了，她還得召集士兵去搜索放炸彈的兇手。她已經去過首輔辦公室與目擊者交談，並拜訪了死者的父母，以及爆炸生還的孩子們。

現在又加上了落跑女孩這樁惱人的事情——以及常駐護法。

她擦去眼角的汗水，搖了搖頭。竟然有孩子逃跑！而且就在炸彈攻擊之後緊接著發生了！整座城市處於震驚當中。

她也非常震驚，但另有原因。她對於自己必須離開禮堂而感到抱歉，她早該料到首輔不會放過任何煽動群眾的機會。

更多的神聖護法！天啊！守護者要的是減輕城內的束縛，而非加重。她早就打算一旦新的分鏈年齡妥當上路，就要把護法人數減半。

她一臉苦惱。唉，計畫宣告失敗，在她能夠重啟計畫之前，還需要好長一段時間。

她步履蹣跚地爬上碼頭旁的石階，接著踏上萬獸橋。這座橋是璀璨城裡最古老的一座，兩側的鐵欄杆鑄成各種形狀，有魁納獸、懶惰貓、人鹿、拉姆怪、暴風犬和殺戮鳥。她經過橋上時，牠們的肌肉似乎在收縮，彷彿隨時會復活一樣。

儘管守護者已經疲憊不堪，她仍在橋上稍作停留。她的祖先第一次從梅恩城來到這個地方時，半島上到處都是這些奇獸，當然牠們現在已經消失，絕種了好長一段時間，大多數的人甚至以為牠們從來不曾存在，然而在鄧特早年時期，牠們可是再真實不過，對此守護者沒有一絲懷疑。

事實上，守護者知道的事情還不只這些……

這倒提醒了她，有件事她一定要告訴首輔，一件重要的事。

萬獸橋到守護殿僅有幾步之遙，指揮官正在樓梯頂端等候，他趕緊替她開門，表情因內疚而顯得緊繃。

「守護大人，」他說，「守護大人，有關那把剪刀，我該如何表達歉意？」

守護者的雞眼疼痛，導致脾氣比以往還差。「因為你的疏失，害得一個孩子失蹤了。」她斥責道。

「守護大人，真的很抱歉。我願意做任何事來彌補，如果我能夠加入搜救小組——」

「絕對不行。」

「拜託，守護大人——」

「閉嘴！你還能待在軍隊裡就該慶幸了，至於你到底該不該繼續待在那兒又是另一件事了。現在，我有個訊息要給首輔，我相信你應該可以替我傳達，不至於危害到更多孩子吧？」

「可是大人，首輔已經在這兒了！他已經等了一個半小時以上。」

指揮官奔到守護者面前替她開門，果然首輔正坐在一張訪客椅上。他已經換了裝，洗淨身上灰塵，撇開額頭上的繃帶不說，他就像往常般完美無瑕。

「守護大人，」他拘謹地站起來鞠躬，「願神保佑妳。」

守護者讓指揮官退下，關上門靠在門邊，勉強擠出一絲微笑。「有事嗎？老弟。」她說。

璀璨城裡鮮少有人知道首輔大人和守護大人是姊弟，這對兩人而言都好，他們從小就一直不太喜歡對方。

守護者一跛一跛地繞過書桌坐下，「有任何女孩的消息嗎？」

「沒有。」她弟弟哼地一聲靠在椅背上說，「不過我們會找到她的。護法們對這種突發狀況訓練過好多次了，不像妳所謂的民兵部隊，幾乎什麼都不會。妳知道當時那女孩就站在一個國民兵旁邊嗎？從他的口袋偷走剪刀？真不敢相信！如果他是我的部下，我一定叫他受軍法審判。」

首輔精通古老劍術，每每守護者與他談話時，總覺得在上演一場決鬥，不過今天她決定不理會他的猛烈攻擊。「那孩子究竟為什麼要逃跑？」她問道，「她肯定是五十多年來的第一人。」

首輔臉上閃過一絲異狀，「呃……是第二。」

「什麼？」

「去年有個男孩，一夜之間失蹤了。他的父母以為他被人口販子擄走，但是後來找到一張紙條，他逃跑了。」

守護者幾乎不敢相信她所聽到的事，她聽過有些孩子在分鏈之後不知去向，但分鏈之前？

「他沒有戴著守護鏈嗎？」

「他的父母說有，宣稱他一定是以某種方式撬開了鎖，不過我們確定他們並沒有讓他戴上手鏈。這種事時常發生，但通常在悲劇發生前就給逮住了。」

「為什麼當時我沒有聽說這件事？」

「沒人知道，試想這事傳出去了，有孩子在夜晚時沒有銬上手鏈，人口販子鐵定像野狼一樣盯上我們，因此我們保持沉默。」

「可是，還是應該向我稟告啊！」

「是這樣嗎？姊姊。」首輔摸摸下巴，「這顯然只是件褻瀆之事，我看沒有必要告訴妳。畢竟，如果國庫收支不平衡，妳也不會專程告訴我……」

守護者試著壓抑體內逐漸上升的怒氣，「你們有去找那個男孩嗎？」

「當然，我們到處都找遍了，沒日沒夜整整忙了一個禮拜，但是都不見他的蹤跡，他到現在應該早就死了，也許是溺死的。」

「他的家人呢？」

「還有一個年紀更小的孩子，一個女孩，我們把她送進看管中心。七福法院判父母三年徒刑，關入懺悔之家，財產充公。」

「你的意思是，你對他們判了刑。」

「法院確實選我做發言人，」首輔語氣平穩地說，「我也感到相當榮幸。」

「三年徒刑、財產充公、女兒送進看管中心，這對剛失去兒子的人來說，懲罰未免過於嚴厲！」

「他們犯了法。」

「我不認為——」守護者開始動怒，然而又停了下來。她實在不想與弟弟公然爭吵，特別是今天。「你來這裡做什麼？」

首輔從外套拿出一捆文件，放在桌上。「我有幾份不重要的文件需要妳簽署。」

守護者推推眼鏡，拿起最上面的文件並皺起眉頭。「不重要？這是增加常駐護法的批准文件，你擬定文件的速度還真快啊！」

首輔聳聳肩，「人民堅持——」

「別把我當傻瓜，弟弟。你一向有法子煽動群眾。」

「老姊，妳過獎了，可是妳不能否認現在是非常時期，人民都嚇壞了。」

守護者猶豫了，這次弟弟倒是說得沒錯，現在的確是非常時期，甚至超越了自己的想像，人民也的確嚇壞了。

她嘆口氣，拿筆沾了沾墨水瓶，簽了一張又一張文件。她驚訝地眨眼，把文件讀了兩遍以免會錯意。「根據裡頭的內容，」她緩慢地說，「你的新任常駐護法今晚就會站定崗位！我以為這至少需要一個月的時間！」

「現在城裡有危險的逃犯，他們可不會等上一個月。」首輔摸摸纏著繃帶的額頭，彷彿傷口弄得他發疼，「況且，新任護法可以幫忙尋找那個女孩，她可能會想趁夜晚躲進一些建築物之類的，這麼一來，我們就能等到她。」

「可是新任護法的訓練怎麼辦？」

「妳也許樂意等到危機發生後再訓練一批新的國民兵，但我可不敢這麼得意。我隨時都在訓練新護法，以防萬一。如果可以的話，麻煩請妳簽名。」

守護者拿筆輕輕敲打臉頰。她願意簽，但必須先告訴弟弟一件事，是什麼呢？

啊，對了。「鄧特博物館，」她說，「你知道嗎？」

首輔皺起帥氣的眉頭，「我聽過，一棟小型建築物，沒什麼特別重要的，我想就坐落在離我辦公室有點距離的老奧森納山上。那裡怎麼了？」

「那裡不需要常駐護法，把他們除外。」

「可是——」

「鄧特博物館不需要常駐護法。」

話一出，首輔瞬間變臉，表情猶如鋒利刀片般嚴峻又危險。接下來他垂首鞠躬，危險表情又立刻消失得無影無蹤，守護者不禁以為那是自己的幻覺。

「姊姊，我相信妳給出這樣的豁免權一定有很好的理由，我可以問問理由是什麼嗎？」

守護者猶豫了，除了她以外，唯一知道鄧特博物館真相的人就是那些博物館管理員。並沒有實際法條限制她必須跟首輔說實話，但她不相信他可以對這類消息保密。

於是她只是聳聳肩說，「習慣上不會去干涉博物館。」

「那麼這個習慣，什麼時候開始的？」

守護者指向塞滿了鄧特早期歷史文件的書櫃，「我不記得了，我相信書櫃某處可以找出解釋。」

然後，不等弟弟再問下去，她在文件上草草簽名，推還給他。

他鞠躬致意，「感謝守護大人撥出時間，每次與妳會面總是如此愉快，願神保佑妳。」

他閃過一抹虛偽的微笑，接著便離去了。

5 獨自一人

歌蒂蜷縮在一艘小型私人遊艇的船艙裡，雖然天氣炎熱，她卻不停發抖。她頭痛欲裂，雙腿麻木，動也不敢動。遊艇停泊在野獸碼頭旁，四周包圍各式小船和水上公車。她能夠不被察覺走了這麼遠也真是奇蹟了。

現在衝動已然消失，歌蒂開始對自己的所作所為感到害怕。她看了看手腕上殘留的白絲帶，「笨蛋！」她氣憤地說，「笨蛋，笨蛋，笨蛋！」

隔壁小船傳來喧鬧聲，她嚇得趕緊摀住嘴巴，他們聽見她了嗎？他們要來了嗎？如果被捉住了，他們會如何處置她？

她緊閉雙眼，默默等待。喧鬧聲漸漸消失，一名男子大笑，遊艇輕柔地晃來晃去，歌蒂慢慢張開眼睛。

她的頭上有一架掌舵用的木輪，木輪兩側是狹窄的羊皮座椅。船艙其餘地方空無一物，沒有神聖護法，也沒有爸爸媽媽。

生平頭一遭，歌蒂成了孤孤單單的一個人。

很快地，她再次閉上眼睛。怦、怦、怦，她從沒聽過自己的心跳跳得如此厲害，懷疑自己是否發了高燒。她手腳顫抖，拚命地想忍住淚水。

但是，她突然想起守護者舉起剪刀時，媽媽慌張的驚叫聲；她想起爸爸如何撫摸她的頭頂；她想起自己多麼愛他們。

眼淚從臉頰潰堤而下，恐懼和悲傷雙雙佔據心中。

她不知道自己在這艘搖晃的船裡靜靜哭了多久，感覺似乎過了好幾個小時。等到眼淚終於流乾，她的嘴唇渴得又乾又裂。她稍微移動身子，肚子發出飢腸轆轆的聲音。

為了轉移注意力，她嘗試想像菲佛現在正在做什麼，但思緒卻偏離方向，她發現自己正在想著殘忍的炸彈客。

還有兇狠的狗。

還有人口販子。

歌蒂全身爬滿雞皮疙瘩。她覺得自己像一隻不知珍惜外殼的愚蠢牡蠣，現在已經失去了自保能力。她從口袋拿出剪刀緊緊握住，緊得手指都抽筋了。

這天過得實在緩慢，教人難以忍受。海水輕輕拍打船身，引擎隆隆作響，臨近小船上的人們互相叫囂各種指令。

「小心點！小心！這就對了，放下來！不是那裡，你這個有夜盲症的笨蛋！到這兒來！」

終於，遊艇窗外的天色漸漸暗下來，工作吵雜聲逐漸消失。在某個地方，有人正在煮魚。香味讓歌蒂餓得發昏。她盡可能地安靜伸展抽筋的雙腿，痛得臉部扭曲，然後沿著船艙地板爬行，朝最近的舷窗向外看。

水上公車通通不見了，一些小船也消失無蹤。留下的船隻早已拉下窗簾並且調暗燈光。

歌蒂慢慢爬上狹小的甲板，如果有人毫無預警出現，她隨時準備躲回船艙。等到確定四下無人之後，她從遊艇尾端爬上碼頭，並順著樓梯走上大街。

樓梯頂端有一扇欄杆門，歌蒂不敢推開以免發出吱吱聲。她翻越那扇門，或者應該說，半爬半跌地翻過那扇門，接著匆匆沿著河道小徑前進，心像引擎般砰然作響。

夜色漆黑，舊城區的街道寂靜無聲，每個人似乎都飽受早晨事件的驚嚇，早早便上床睡覺，躲進被窩。歌蒂離開河道小徑往孤寂廣場走去。

每當她聽見怪聲，心臟就幾乎要從胸口跳了出來。她一路跌跌撞撞走過圓石地，一到轉角就心生猶豫，不知該走哪條路才好。她老早渴望擺脫神聖護法，現在卻發現這一切怪得難以忍受，既沒人告訴她該怎麼做，也沒人催促她該往哪裡走；沒人拖她遠離危險，或在跌倒時拉她一把。就好像成了新生兒，得重新學習走路一樣。

她到達自家附近的街道，這裡就和城市其他地方一樣寧靜。歌蒂一邊躡手躡腳地走，一邊盯著半路上的那棟公寓。

小心，腦中的聲音低語。這一次歌蒂選擇忽略，她想著爸媽，好奇他們晚餐的菜色。她想像他們互相擁抱，坐在她的空床旁邊哭泣的模樣，她拭去自己的眼淚。

小心！

街道遠方的影子似乎在移動、在低語。與此同時，不知從哪兒冒出一隻手，摀住了歌蒂的嘴巴。她想要大叫，不停掙扎，涼鞋胡亂踢著圓石地，但是又冒出了兩隻手把她一將抓住，並一路拖到一扇敞開的門口。

「噓！」耳邊傳來低語。當第四隻手悄悄握住她時，歌蒂立刻認出那是菲佛的手。門在她面前輕輕關上，沒有完全密合，摀住她的那隻手稍稍鬆開。

歌蒂明白自己現在身在何方了；她聞到柏格先生的刮鬍水味，也感覺到柏格太太壓在她手臂上的手鐲形狀。她站在黑暗走廊上不住發抖。

外面的街上，突然閃過燈籠的火光和許多腳步聲。

「妳聽見了嗎？我們要逮到她了！」康佛護法說。

「我什麼也沒聽見。」霍普護法說，「不過需要的話你就吹哨吧，通知其他人。她如果在這附近，一定會試圖逃跑。」

神聖護法的單音口哨讓整條街道毛骨悚然，腳步聲先是走遠，然後又繞了回來。

「歌蒂．羅絲！」康佛護法大叫，「我們知道妳在這裡！不要浪費時間，我們最終還是會抓到妳的。」

柏格先生緊緊摀住歌蒂的嘴。

「自首吧，」康佛護法大叫，「這樣我們也許願意法外開恩！」

仍舊鴉雀無聲。一滴汗水從歌蒂脖子後方緩緩流下。

霍普護法大聲地嗤之以鼻，「我想你在白費力氣，夥伴。」

「是她沒錯，我很確定。她就藏在附近的某個地方。」

「或許吧。」霍普護法說，「又或許你只是在浪費我寶貴的時間。」

他們的聲音在遠處逐漸消失。柏格太太靜悄悄鎖上門，柏格先生放開了歌蒂的嘴。

「我真是糊……糊塗了才……才會做出這……這種事。」他小聲地說，口吃比平常還要嚴重。「我不……不想我的女……女兒被送……送進看管中……中心，也不……不想要神……神聖護……護法對我家人有所關……關注。如果他們抓……抓住妳了，妳千萬不能說……說我們幫助過妳。」

「我不會的。」歌蒂小聲地說。

「我真高興妳在這兒！」菲佛低聲說，挽住歌蒂的脖子緊緊擁抱她，「妳都上哪兒去了？」

「躲起來了。」

「就妳一個人？那是什麼感覺？」

「恐怖極了！菲佛，我好渴！」

「媽，歌蒂口渴！」

「當然啦，可憐的孩子。」柏格太太低聲說，「我想妳也餓了吧。這兒有一杯水，還有一些麵包和乳酪。」

「妳以……以為妳在做……做什麼，孩……孩子？」歌蒂一口氣喝完水，柏格先生低聲問，「這麼做有任……任……任何好處嗎？」

「噓——」柏格太太說，「木已成舟，無法改變了。」她緊握歌蒂的手，「妳父母請求我們替妳注意安全。」

「他們還好嗎？」歌蒂說，「他們說了什麼？他們生我的氣嗎？」

「他們心都碎了。他們希望妳能平安，又不想讓神聖護法抓到妳，把妳送進看管中心。妳媽媽說妳得設法離開璀璨城，雖然我無法想像一個孩子靠自己該如何做到！」

歌蒂同樣無法想像，整個世界天翻地覆，要怪卻只能怪自己。「我不能回家嗎？」她痛苦地說。

「恐怕不行，親愛的。一旦神聖護法扯進來，一切都不同了。」柏格太太把一張紙塞進她手中，「妳媽媽在史波克有一些遠房親戚，如果妳可以到得了那裡，他們應該會照顧妳。這裡是他們的地址。喔，對了，還有一只小錢包，我放到哪裡去了？跟麵包和乳酪放在一起了嗎？喔，天啊，我把麵包和乳酪放到哪兒了？」她開始在黑暗中到處摸索。

歌蒂無助地看著菲佛，「我該如何才到得了史波克？」

「我不知道，但妳一定得試試。」菲佛說，「妳千萬不能讓護法抓到妳。」

「可是我連怎麼開始都沒有頭緒！」

「歌蒂，」菲佛非常嚴肅地說，「如果我必須獨自一人尋路到史波克，我可能只會躲起來然後死掉。可是妳比我勇敢，一直都是，妳比我們任何一個人都勇敢，妳做了許多一般人連想都不敢想的事情，就像今天。」

「我寧願這從未發生！」

菲佛的氣息溫暖地吹在她臉上，「我也是，因為現在我會有好久一段時間看不到妳。但是如果有人到得了史波克，那一定是妳。」

歌蒂搖搖頭，「我好餓，我幾乎無法思考。」

「媽！」菲佛說，「食物在哪裡？」

「我正在找，」柏格太太說，「我們能不能冒險開個燈？」

「絕對不……不……不……不行！」

「我真希望我們能把妳藏起來，」菲佛說，「可是爸爸說護法們一定會搜查——」

她的話彷佛不知如何召來了護法，前門突然傳來一陣腳步聲和響亮的敲門聲。

「開門！」霍普護法大吼，「我以七靈神的名義命令你快點開門！」

「快！」柏格先生嘶聲說，「帶……帶她從後……後門出去，還有菲佛，快回床……床上！把自己鎖好，他們肯……肯定會檢查！」

「祝妳好運，歌蒂！」菲佛說，「千千萬萬個祝福！」

接著她就走了，柏格太太催促歌蒂穿過黑壓壓的房子，身後的敲門聲越來越大。

「是，是，我來……來了！」柏格先生裝出剛睡醒的聲音叫道。

「喔，我不知道我把小錢包放到哪裡了！」柏格太太瘋了似地說，「現在沒有時間找了！原諒我，親愛的！來，至少我找到了一條麵包捲！」

她把一樣東西塞進歌蒂手中，接著拉開後門，距離窄得只能勉強擠過去。

「快走！」她說，「祝妳好運！」

輕輕一聲卡嗒，後門就在她面前關了起來。又一次，歌蒂成了孤孤單單的一個人。

6 殺戮鳥

柏格太太的麵包捲實在好吃，令歌蒂幾乎受不了。用不著幾口她就吃得精光，舔起手指，連一塊麵包屑都不放過。接著，她躲回差勁詩人橋的陰影下。

「離開璀璨城。」柏格太太這麼說過，但她有辦法做到嗎？就算她設法離開璀璨城踏上史波克路，她沒錢也沒食物，她該怎麼辦？難道一路走過去嗎？就靠她一個人？

她的雙腿又開始顫抖，夜幕逐漸低垂，有那麼一會兒她幾乎驚慌得不知所措，這時她突然想起菲佛的話。

「妳比我們任何一個人都勇敢。如果有人可以做得到，那一定是妳。」

她知道菲佛錯了，她一點都不勇敢。但朋友對她的信任是恐慌之中的一線安慰。

她摸摸口袋，拿出羅盤，指針閃著明亮的綠光，正指著她剛來的方向。那裡一定是北邊，這麼說史波克路一定是那個方向，東邊。

歌蒂站了起來，她還能再吃下五條麵包捲，也還是很渴，橋下潺潺水聲像是種折磨，但她知道運河的水又鹹又充滿病菌，於是便趕緊離開那股水聲。

夜晚的璀璨城和白天大不相同，房子像動物一樣朝歌蒂陰森逼近。她一直以為自己聽見了腳步聲，或是聽見某人在她背後呼吸的邪惡之聲。她的皮膚刺痛，於是再次拿出剪刀，左顧右盼地想找出任何移動跡象，但視線所見只有影子。

她靠近死馬運河上方的橋梁時，聽見有人吹口哨的聲音。她嚇得全身僵直，遙遠的另一端，有個男子背對她站在橋上，矮牆遮住了半身。

歌蒂竭盡所能地安靜踮腳離開。運河遠處還有另一座橋，她可以從那裡過去。

但是她抵達第二座橋時，看見一個漆黑身影倚在石造拱門上。一聲低沉的口哨聲傳進她耳裡，是同一個男子！

歌蒂縮回陰影中，把剪刀當作武器握在胸前。他是誰？她看不清楚，不過他似乎穿著黑色緊身上衣，就像在大街和分鏈儀式上盯著她的那個男子。會是他嗎？他在跟蹤她嗎？他想對她怎麼樣？

她想起有關人口販子魯柏船長的故事，說他多麼擅長把分鏈後的孩子引入他的陷阱，說他看起來是多麼的無害——直到最後一刻才露出真面目。

這個男子看起來也夠無害了，背對著她，彷彿並不知道她在這裡，但他一定知道，她很肯定。即使吹著口哨，他也一定在留心聆聽她的腳步聲、呼吸聲，以及害怕的心跳聲。

她屏住呼吸悄悄溜走，回頭一看，男子仍在原地，便稍稍安心下來。

但是當她來到下一座橋，他又早一步出現在那裡。

突然間，夜晚蒙上一層更加不祥的氣氛。每片陰影似乎都藏著魯柏船長的手下；每個聲音都像騙子納金的划槳聲。男子的口哨聲——有改變嗎？是一種暗號嗎？此時此刻，老巫婆史金是否正朝她步步逼近？

歌蒂走回原路，不打算往東去了，她不在乎，她只想逃離那個黑色緊身衣男子。

然而每當她以為自己已經甩開他的時候，他又會再度出現。

無論在廣場的另一側。

或是門廊前。

或是路中央。

他不曾回頭看她，她也不曾看他移動。但逐漸地，他迫使歌蒂在黑暗的城市裡不停穿梭。

歌蒂靠在一條死巷子的牆上，她已經走了好久，現在根本累得沒力氣害怕，這也剛好，因為除了原先進來的方向，這條狹小的死巷子已別無出路，如果她折回原路，男子無疑會待在那兒等她。

她呻吟一聲，滑落身子跌坐在地。她不知道自己身在何方，只記得自己舉步維艱地爬過一座山丘，兩旁道路坐落許多富麗堂皇的房子。但是璀璨城有好幾座山丘，那座山丘可能是任何一座。

歌蒂不是很在乎，她只想躺下好好睡個覺，如果人口販子來了，他們就得扛著她走，她可是一步也不想動。

但是她一閉上眼睛，一縷晚風就輕輕吻上臉頰，伴隨而來的無疑是剛出爐的杏仁蛋糕香味。

歌蒂的眼睛啪地睜開。

死巷子的盡頭有一棟又小又醜的石頭建築，兩旁隱約出現高聳的房子，彷彿想要將它擠出視線外。但這棟醜陋的小建築物有副不屈不撓的外觀，像個不願離開心愛椅子的老人。蛋糕香味似乎就是從門口飄出來的。

歌蒂站了起來，踉蹌地走進死巷子，踏上小建築物的樓梯，香味如磁鐵般吸引她前進。她經過了燈光昏暗的大廳，穿越石頭拱門，往一間貌似辦公室的門口走去。

剩餘理智驅使她在門口停了下來。水煤燈在燃燒，但辦公室裡就像大廳一樣空無一人。辦公室的中央有一張破舊書桌，桌上的盤子擺著堆積如山的杏仁蛋糕，旁邊還放了一碗牛奶。歌蒂踉蹌向前拿起碗公，油然湧上欣喜若狂的感覺。

她一口氣喝下半碗牛奶，吃了六塊蛋糕，一塊接著一塊，接著又把剩下的牛奶喝完，再吃了三塊蛋糕。她一邊吃，一邊掃瞄這間辦公室。

辦公室又小又亂，處處堆滿一疊又一疊的紙，並用石頭和彩色玻璃壓住。書櫃塞滿了書籍、古錢幣和龜裂的陶瓷雕像，其中一個角落放了一把小豎琴，而在門口上方……

歌蒂差點被蛋糕嗆到，門口上方的高處棲息了一隻巨大的鳥類標本，體積至少比大禮堂的工作鳥大了二十倍。羽毛如魔鬼般黝黑，鳥嘴尖銳無情，黃色的透明雙眼似乎在盯著歌蒂，要她為牠的死償命。

歌蒂大聲喘氣，「是殺戮鳥！就和萬獸橋上的那隻一樣！」

酷斃了，她在底下繞著標本打轉，鳥兒眺望著遠方。如果我伸長手就可以碰到牠的羽毛！

她全身發抖，向後退了一步。她知道自己不該在這個怪地方徘徊，她看了看辦公室最後一眼，目光落在那堆錢幣上，真多，而且堆放得如此雜亂，若是少了幾枚，她相信主人也不會注意到，有了這些錢，前往史波克的旅途會輕鬆許多。

我早就成了鬼鬼祟祟的小偷，倒不如真偷點東西。

她跑到最近的書架旁，抓了一小堆錢幣悄悄放入口袋。

門口上方的高處傳來沙沙的聲音，歌蒂猛然轉身，心怦怦地重擊肋骨。那隻殺戮鳥——標本殺戮鳥，本該是死掉的殺戮鳥——張開了巨大翅膀，瞇眼看著她。接著牠張開嘴巴，用宛如鏽鐵的聲音尖聲大叫起來。

「小——偷——」殺戮鳥尖聲大叫，「小——偷——小——偷——小——偷——」

辦公室走廊傳來如雷的腳步聲，一個男子大叫，「逮到妳了！」然後把門關上，留下歌蒂和殺戮鳥在裡面。

那晚，歌蒂不是城裡唯一的小偷。大禮堂的鐘敲響一點之時，一個身穿連帽斗篷的男子匆忙下了老奧森納山，溜進運河的欄杆門。

老奧森納碼頭停了一艘小型私人遊艇，蒙面男子攀爬進去，打開鑰匙和瓦斯開關，啟動馬達。遊艇緩緩駛離碼頭，安穩行駛於運河中央。他到達野獸碼頭後，立刻切斷馬達，把遊艇綁在一只鐵環上，接著匆忙走上樓梯，爬過護欄。

他抵達時，守護殿籠罩著一片漆黑。他繞過建築物旁邊，在一扇小窗戶前停下腳步，拿出薄如紙片的小刀，塞進窗戶和外框之間的空隙。他來回扭動刀片，動作輕柔得像在對小嬰兒搔癢。過了一陣子，仍然毫無動靜，他一邊低聲咒罵，一邊繼續穩健地幹活兒。

突然，一聲微弱的卡嗒，窗戶打了開來。男子跨過窗台，跳進下方的儲藏室。他跌跌撞撞地經過許多書櫃和箱子，出了門，沿著昏暗的走廊前進，接著爬上一段樓梯。他不停撞到小腿，最後終於找到搜尋已久的房間。

他進入房間，拉上厚重窗簾，沿著牆壁找到最靠近的水煤燈。他從口袋拿出打火機，掀開燈罩，接著轉開煤氣，點燃燈芯。水煤燈嘶的一聲燃燒起來，守護者辦公室裡的老舊家具瞬間映入眼簾。掩帽男子匆匆趕到書櫃旁邊，開始檢查書櫃上一排排的文件。

他還沒找著任何東西，但外頭幾乎要天亮了。他開始緊張起來，清道夫很快就會出現在街上，必須在他們發現以前離開。

他咒罵一聲，把方才檢閱過的書籍歸位。他的手放在旁邊一本藍色小冊子上，書名叫做「陰險門」，他已經因為這個荒謬的書名忽略它好幾次了。

但是現在他就快無計可施。他翻開書，不做任何期待，開始閱讀第一頁……

7 未成年罪犯

歌蒂坐在辦公室的角落，盡可能離殺戮鳥越遠越好。她拿了一張椅子擋在前面，手裡握著剪刀，頭痛欲裂，被恐懼和疲倦惹得噁心想吐。

沒人前來捉她。她不斷等待大門會突然打開，然後闖進一群人口販子，或是霍普護法和康佛護法。一直等到頭上的小窗戶開始透出曙光時，她幾乎要歡迎他們的到來。

殺戮鳥大半個夜晚都在睡覺，不過現在又醒了過來。牠不停叨唸，邪惡的頭歪向一邊，俯瞰著她。「小——偷——小——偷——」牠喃喃地說。

終於，歌蒂聽見辦公室外面傳來腳步聲。有人吹著異常熟悉的口哨聲。歌蒂掙扎地站了起來，緊緊握住剪刀，「如果是人口販子，我就跟他們拚了！」她對殺戮鳥低聲說，雖然她根本不知道該如何拚命。

大門一開，一個又高又瘦，穿著黑色緊身上衣的男子走進房間。歌蒂握緊剪刀的手指都發白了，他就是分鏈儀式上的男子，一直觀察自己的那個人，害她不得不走遍整座城市的那個人。現在，他又設下圈套抓住她。

男子的臉如石頭般嚴峻。「妳偷了某樣東西，」他說，「偷了什麼？」

「什麼也沒有！」歌蒂立刻回答。

門口上方的殺戮鳥在棲息處移動身子，歌蒂縮了一下。男子抬起頭，「摩根，」他說，「到這兒來。」

殺戮鳥低頭看他一眼，接著笨拙一跳飛落到他的肩上。

歌蒂驚訝地倒抽一口氣。男子大喊，「歐嘉．西亞佛嘉，麻煩妳了！」

一位老婦人出現在他身邊，身穿針織上衣和蛋糕裙，裙襬每層顏色都鮮豔無比，上下層的色調又彼此衝突。她的灰髮在臉頰旁飛舞，眼神銳利地看著歌蒂，接著伸出手臂，殺戮鳥一躍而上，便給她帶走了。

男子轉身面對歌蒂，「這隻鳥擁有察覺偷竊的本能，無論在千里之外或濃霧中她都能夠偵測到。她從不出錯，我再問妳一次，妳偷了什麼？」

歌蒂臉頰發燙，「一些蛋糕，」她含糊地說，「我餓了。」

男子挑起眉毛，彷彿蛋糕毫不重要似的，他甚至對於歌蒂提起蛋糕這件事感到驚訝，「還有呢？」

「沒別的了！」

男子的眼神冷酷無情，「翻開妳的口袋。」

歌蒂臉部肌膚如千刀萬剮，她慢慢把手伸進錯的口袋，先是拿出手帕，然後是羅盤，最後是小鳥胸針。

「另一個口袋。」男子說。

歌蒂盯著地板，把手放進另一個口袋，拿出了一堆錢幣。

男子滿意地嘖嘖作響。「那些錢幣，」他說，「是擁有五百年歷史的英國金幣。」

歌蒂再次倒抽一口氣，男子彆扭的手臂在胸前交叉，「好了，現在——」

走廊傳來許多腳步聲，一記洪亮的聲音大喊，「有人在嗎？有人在嗎？」第二個較低沉的聲音吼著，「這個鬼地方有沒有人啊？」

是霍普護法和康佛護法！歌蒂縮回角落，現在沒有任何情面可言了，這個怪人會把她交給神聖護法，然後告訴他們有關錢幣的事。她想到他們將如何懲罰她就渾身發抖。

然而，令她驚訝的是，男子把手指放在嘴唇上，「噓！」他一邊說，一邊指著書桌底下的狹窄空間。一直等到她安全躲好後，他才放聲大叫，「在這裡！」

歌蒂屏住呼吸，眼前所見的只有男子的長褲和破損的棕色短靴。腳步聲到了門口，停了下來。

「歡迎來到鄧特博物館！」男子大聲說。現在他的聲音已截然不同，嚴肅感消失無蹤，聽起來還有點愚蠢，「我是西紐！想來一趟導覽之旅嗎？那麼你們就來對地方了！在這裡你可以經由城市悠久光榮的歷史尋得內心喜悅。」他尷尬地咳了一聲，「呃，經由大部分的歷史。我們零零碎碎缺了幾年，有些標籤好像不見了，鬧了些書蟲災！不過我們博物館管理員一向樂於——」

霍普護法打斷他，「這裡誰負責？我要見你們的常駐護法。」

「哎呀，我們沒有。」

「所有的公共建築都有一位常駐護法，這是首輔的命令，昨晚開始生效。」

「喔，幸運的人們，」西紐嘟囔著，聽起來比剛才更傻，「如果我們能如此幸運就好了！不過哎呀，我們真的沒有常駐護法，這是守護者的命令。可能我們規模太小又不夠重要，根本用不著他人煩心。」

現場突然一片沉默，接著霍普護法說，「我們在找一個逃家的孩子，一個未成年罪犯，是個女孩。」

歌蒂緊貼在書桌冰冷的木頭上，在她上方的西紐說，「老天啊！罪犯？在我們美麗的城市裡？誰想得到呢？她是殺人犯？縱火犯？還是……小偷？」

「逃家，」康佛護法口吻悲壯地說，「本身就是犯罪。她的父母今早將前往七福法院，為了扶養出這種孩子而接受審理和判刑，他們罪證確鑿，財產會被充公，並關進懺悔之家。」

桌子底下的歌蒂差點嚇得放聲大哭，爸爸和媽媽被審判？入獄？因為她的緣故？辦公室的地板好似崩裂一般。她做了什麼好事？她一定要去找他們！現在就得去，然後告訴法院這壓根不是他們的錯，是她，全是她一個人的錯！

但在她來得及爬起來以前，西紐的一隻靴子用力踩住她的腳，她摀住嘴巴，把眼淚往裡吞。

「那麼你們對小偷沒興趣囉？」西紐說，「對於闖空門偷杏仁蛋糕這件事沒興趣？」

「你看過這個女孩嗎？」霍普護法不耐煩地說，「如果看到的話，請立刻通知我們。」

「如果你們逮到她會怎麼做？」西紐說，「鞭打她？切下她的手指？在她額頭上打火印？以前就是這麼做。啊，昔日的美好時光！」

歌蒂的雙眼睜得老大。切下我的手指？

「少胡說八道，」霍普護法冷漠地說，「我們不會傷害她，只是給她……再教育。」

「啊哈！洗腦！真高興聽到城市受到如此細心對待。」西紐的大腳從書桌旁移開，歌蒂聽見他說，「那麼，老奧森納山上有許多可讓逃亡者藏匿的地方，附近有些豪宅——」

「喔，我們還沒結束呢，」康佛護法插嘴說道，「首輔命令我們要徹底搜索每棟公共建築。」

「那真是我們的榮幸！」西紐說，聽起來似乎正在彎腰鞠躬，「讓我護送你們一同搜查。」

「我們不需要護送。」霍普護法說。

「你確定嗎？這個嘛，你最清楚了，需要的話再呼救吧，讓我告訴你們該從哪裡開始。我們走吧，先左轉，再往右，就是第一間展示館。」

他的聲音隨著引導兩位神聖護法的離去而漸漸變弱。

歌蒂在書桌底下凝視手腕上殘餘的絲帶。她怎麼能夠如此愚蠢？神聖護法當然會把她的所作所為怪罪到爸媽身上！當然會懲罰他們！她早該意識到的，早該想清楚的！

一陣強烈的厭惡感讓她一把扯掉了手腕上的碎絲帶，首輔說得沒錯，她的確又愚蠢又叛逆，活該被銬上懲罰鏈。

「嘿！」是西紐，他回來了。他彎下腰，長鼻子正好出現在她面前。「博物館會讓他們忙上一會兒，」他小聲說，「跟我來！」

歌蒂從桌子底下爬出來，從辦公室一路跟著他。在昏暗的走廊走到一半時，他停下腳步輕聲喊，「丹先生？我們找到她了。」接著大步往回走。

「我們終於找到妳了，小姑娘。」一個聲音在歌蒂耳邊說道。她猛然轉身，一位膚色如肉桂般的大鼻子老人正站在身後。他身穿一件胸前有一排銅釦的破舊藍色外套，正在微笑著。

「來吧，我帶妳去睡覺的地方。」他說，「來吧，跟緊點！」

歌蒂既疲倦又沮喪，沒有力氣去想為什麼這群人願意冒險掩護她。她困惑地跟隨老人穿越博物館。

博物館內不見任何西紐對神聖護法說過的光榮歷史，每間展覽館除了垃圾之外別無他物，有撕破的油畫和破洞的椅子；有遺失鐘擺的時鐘，連指針也卡在遙遠的過去；還有許多破掉的瓶子、石頭和空罐子。

這裡是歌蒂見過最無趣的地方了，這是件好事，她不要有趣，她要替爸媽擔心，還要為發生在他們身上的事自我責備，她要感受痛苦和無用。

然而……

當她去上廁所，用冷水洗洗臉時，老人留在洗手間外等待。等她再度出來的那一刻，奇怪的事情發生了。突然間，整棟博物館似乎……瞬移了，就好像一隻沉睡的野獸突然醒來，翻身之後又繼續回到夢鄉。

歌蒂當場停下腳步。她面前有一個擺滿玻璃罐的木櫃，一分鐘前本來空無一物，但現在每個罐子裡都放了一條粗壯、滿身鱗皮的死蛇，她驚愕地眨著眼。

玻璃罐後方，一條蛇睜開細小的眼皮眨眼回應。

「好詭異！」歌蒂害怕地說。

丹先生安慰地拍了拍她的手臂，接著把手放上最靠近的牆壁，唱起歌來。他的聲音忽高忽低，音調怪異又飄忽不定，讓歌蒂脖子後方的寒毛直豎。

「吼喔喔——喔，」老人唱著，「嗯嗯喔喔喔——喔喔。」

出於好奇，歌蒂也把手放到牆上……

她把手放上去的那瞬間，她聽見了——不，她感覺到了——音樂，深沉狂野的音樂，彷彿從地殼中心猛烈地冒上來，再像滾水般淋在她身上。她趕緊放手，有種被燙傷的感覺。

罐子裡的蛇漂浮在黃色液體中，雙眼緊閉，鱗皮脫落，顯然已經死了好長好長一段時間。

一定是我的幻覺，歌蒂心想，可是看起來好真實……

老人停止唱歌，放下貼在牆壁的手。他明亮的臉十分嚴肅，「麻煩又更接近了，」他喃喃地說，「妳感覺得到嗎？小姑娘。」

不等歌蒂回答，老人帶著她再次穿過一些房間，來到一扇緊閉的門前，門上模糊的字跡寫著員工專用。他從口袋拿出鑰匙，打開門領歌蒂進去。

門後有一張床墊和一疊棉被。「妳在後廳會很安全，」老人說，「這扇門隨時鎖著，護法不會來這兒抓妳。」

歌蒂絲毫不相信一扇上鎖的門能把霍普護法拒之在外，但她已經累得無法爭辯。她輕嘆一聲倒在床上，窩進輕薄的被子裡，然後立刻睡著了。

8 首輔大人指派的任務

霍普護法不明白為何首輔要他們搜查那棟又醜又小的建築物。「告訴管理員你們正在尋找一個失蹤女孩，」首輔一早把他們叫進辦公室時，這麼說過，「但是睜大眼睛留意任何可疑之處，任何看起來不尋常或奇怪的東西。」

霍普並不想冒犯大人，不過唯一讓她感興趣的怪東西只有逃家女孩，她可能正躲在家中附近位於舊城區的某個地方，這代表某位護法夥伴將一嘗抓她的滿足感，這本可屬於霍普的滿足感。

然而，當西紐坦承博物館沒有常駐護法時，霍普內心冒出一連串的疑問，她不讓好奇心喜形於色，喔！沒錯，她太狡猾了。反之，她不停詢問西紐有關女孩的事，彷彿這是他們來此拜訪的真正理由，而非一個藉口。

現在，她正在替首輔大人出任務！她迫不及待要完成指令了。她闊步走過一個個單調無趣的房間，檢查每個角落，戳一戳每個壞掉展示箱的後方，找尋任何不尋常或奇怪的東西。

在此同時，她讓一部分的思緒陷入她最愛的白日夢，也就是成為首輔權力核心的一員，擁有權力、地位和影響力。如果她辦好這次的任務，夢想就有可能會實現……

「我們是不是已經來過這間房了？」康佛說。

「什麼？」霍普說，急忙脫離她的幻想。

「看看那個櫥櫃還有破掉的門，我們幾分鐘前才來過這裡。」

「胡說，」霍普說，很高興逮到機會刺激他，「夥伴，我們還沒順著原路折返過吧？還沒轉過彎吧？還沒被魔鬼給拐走吧？」

她對自己的風趣機智笑了笑，接著又立刻嚴肅起來，「請相信我擁有卓越的方向感，工作專心點。」

康佛略顯不悅地沉下臉，不等霍普跟上，他就邁開大步從最近的門離開。

二十分鐘過後，霍普發現自己又站在壞掉的櫥櫃前面。

「看吧，」康佛得意地說，「我早跟妳說過了。」

「自以為是，」霍普說，「是一種罪。我不想要舉報你，夥伴。」

「我沒有自以為是，夥伴。」康佛賊賊地笑，「我不過指出我們正在繞圈子，這是事實，不是嗎？一切清楚擺在眼前。」

「夥伴，清楚擺在眼前的，是你害我們迷路了。是你帶路離開這個房間的，不是嗎？你一定是拐錯彎了，你可能沒有集中精神。」

康佛蠟黃的臉變得通紅，「我倒要看看妳做得有多好，夥伴。」

「等著瞧吧，夥伴，等著瞧。」

霍普打算帶兩人重回辦公室。雖然她對康佛下了那番豪語，但也被這些房間弄糊塗了。如果她可以拿到一張樓層平面圖，就能幫助他們搜查時更有效率。

她一開始尚未意識到他們已經迷路了。她帶路走過一個又一個房間，沿著原路來往折返，但不知怎麼的，他們不但沒有到達辦公室，反而又回到壞掉的櫥櫃前。

霍普又驚訝又惱怒地哼了一聲。她重新出發，回頭穿過那些陰暗房間，康佛在後面急急追趕。他們繞過玻璃展示箱，穿過這扇門，再穿過那扇門，這裡右轉，那裡左轉……

壞掉的櫥櫃又出現了！霍普怒視著櫃子，懷疑它正以某種方式嘲笑她。

康佛清了清喉嚨，「也許該是求救的時候了——」

「荒謬，」霍普說，「太荒謬了！」她再次出發，繞過玻璃展示箱，穿過這扇門，再穿過那扇門，這裡右轉，那裡左轉……

最後，她只好允許康佛尋求幫助。通常，她不會像這樣輕易放棄，但他們只是在浪費時間，所以她看見西紐急忙向他們趕來時，臉色並無不悅。

「這些房間！」他一邊靠近一邊大喊，「看起來千篇一律！別難過，護法，就算是管理員也幾乎天天迷路。有時候我想，我們應該用各種顏色在地上漆些小圖案，這樣無論去哪裡都可以有所依循。但是如果我們漆圖案時迷了路，結果圖案全都打轉起來該怎麼辦？哈哈哈！」

這男子比康佛還呆，不過至少他設法把他們帶回辦公室。霍普霸佔書桌後方的椅子開始問話，康佛站在她旁邊。

起初，她試圖讓問題聽起來輕鬆隨性。博物館有多久歷史了？誰創辦的？展覽品從哪兒來的？

但是西紐回答得不清不楚，她很快就對他失去耐心，問題一個接一個砲轟起來，像在審查一般。

博物館確切的房間數有多少？裡頭擺些什麼？有幾間上鎖？誰擁有鑰匙？這扇門通往哪裡？那扇門通往哪裡？博物館裡有幾位員工？任職多久了？在哪裡睡覺？在哪裡吃飯？

最後，她被西紐無用的答案氣得難受，便說，「我想看看你們的工作紀錄。」

「我們的什麼？」西紐說。

「在過去幾個鐘頭內，」霍普說，「我看到了碎玻璃，看到了任何路人都能拾起丟擲的碎石子，還有許多一坐就垮的椅子。這棟建築物是個危險場所，那麼一個未分鏈的孩子也有可能在這裡東晃西晃。要找到她的話，我需要你們的紀錄、薪資單、平面圖。」

西紐猶豫地點點頭，「過去五年的紀錄夠嗎？」

「會是個不錯的開始。去把東西拿來，快點。」

西紐慢慢走出辦公室，看起來似乎已經遺忘該做的事。康佛彎下腰，在霍普耳邊低聲說，「桌子底下。」

霍普稍稍滑開椅子，看了看桌底。就在那兒，卡在角落的是一塊分鏈用的白絲帶碎片，髒得幾乎難以辨識（但似乎還不夠髒）。

「哈！」霍普說。她用力閉緊雙唇，不讓康佛發現她有多麼興奮。

9 暴風犬

「為什麼他們要問那些問題？他們想要幹什麼？喂！起來，我在跟妳說話！他們到底想要幹什麼？」

歌蒂打了個哈欠，不清不楚地說，「傑比走開！你到我房裡做什麼？」

她伸伸懶腰，本以為會感受到守護鏈的拉扯，卻沒有發生。她的雙眼飛快地睜開……跪在她身旁的是個男孩。他的臉蛋髒兮兮的，黑髮像鐵釘般直豎。而站在他肩上的，竟然是一隻殺戮鳥！距離是如此接近，歌蒂可以看見牠眼皮的皺紋，聞到牠羽毛發霉的臭味。

她想要翻身到床的另一邊，但是被男孩抓住了手臂，「為什麼妳的護法想要看我們的工作紀錄？」

「放開我！」

男孩聳聳肩把手放開，「隨便妳！」他說。然而他肩上的殺戮鳥眨著邪惡雙眼凝視歌蒂，彷彿她沒有權利隨便，一點權利也沒有。

歌蒂踉蹌地起身。「說啊，」男孩說，「為什麼他們對工作紀錄那麼感興趣？」

「紀——錄——」殺戮鳥嘎嘎地叫，嘴巴距離男孩的臉只有幾英寸，但是他似乎完全沒有注意到。

歌蒂試著整理自己紊亂的思緒，「我……我不知道！」

男孩厭惡地搖搖頭，「他們從來不曾注意我們，但是現在卻來了，這全是妳的錯。」

歌蒂一聽見那番話，僅存的睡意立刻消失，她想起自己做的好事……

有那麼一會兒，她難受得動也不能動。爸媽即將受審，被關進懺悔之家，這全是她的錯。

她嚥了一口口水。「我得回去。」她小聲說，一想到這個念頭又是陣噁心。

「回去哪裡？」男孩說。

「哪——裡——」殺戮鳥嘎嘎地叫。

「回……回護法那兒去。我……我要告訴他們一切都是我的主意。」歌蒂咬著嘴唇，「他們應該把我關起來，讓爸媽走。」

她想打開通往博物館前廳的門，但是鎖住了，「你有鑰匙嗎？」

「可能有，」男孩說，「可能沒有。」他轉身離開。

歌蒂追上去，和殺戮鳥保持一定距離，「你沒聽見我說的嗎？我要去自首。」

「喔，那真是幫上了大忙。」男孩諷刺地說。

歌蒂臉頰漲紅。「你不能強迫我留在這裡。」

「沒人要留妳。」男孩說。

「有，就是你，門被鎖住了！」

「妳連一扇上鎖的門都過不去嗎？」男孩嘲諷地說，「我搞不懂為什麼西紐認為妳會有用。」

歌蒂突然停了下來，她差點忘了自己來到這裡並非偶然。她是被引來的，被逼來的。「有用？」她說，「你這話什麼意思？」

「沒什麼。」男孩回過頭說。

「為什麼西紐帶我到這裡？為什麼把我藏起來？他想做什麼？」

「沒——什——麼——」殺戮鳥嘲笑著。

「我要回去了。」歌蒂追在他們身後叫道。

男孩重重嘆口氣，轉身說道，「聽著，」他說，「妳愛做什麼就做什麼，我一點也不在乎。如果妳那麼愛妳的寶貝護法，就去自首，任由他們擺佈——」

「我不愛他們！我恨他們！」

「——但這對妳的父母一點好處也沒有，」他的聲音充滿仇恨，「他們依然會被送到懺悔之家，而得知妳在看管中心只會讓他們更痛苦。」

「看——管——中——心——」

歌蒂不想相信他，但在內心深處她知道他是對的。一旦神聖護法逮到某人，就絕對不會放手。

喔，爸爸！喔，媽媽！我真的很抱歉！

出於害怕、內疚和憤怒，她本可放聲大哭，可是男孩和殺戮鳥正看著她，於是她說，「那麼，我……我……我要去史波克。」

「這麼做沒什麼好處。」男孩說，再次轉身離開。「妳留在這兒至少可以幫得上忙，」他輕蔑地說，「雖然我很懷疑。」

「幫忙？」歌蒂說，「你是說幫爸爸和媽媽嗎？該怎麼做？」

她唯一得到的回應是殺戮鳥嘲諷的笑聲，不久後男孩和鳥兒都不見了，消失在一排排的櫥櫃和展示箱後方。

歌蒂又試著開門，雖然她知道根本沒用。她覺得自己彷彿站在刀刃上，刀的一面代表史波克、親戚、安全，前提是如果她到得了史波克的話；刀的另一面則是這座充滿危險和無解習題的博物館（竟然有一隻殺戮鳥！），以及幫上忙的可能性……

她迎頭趕上男孩，他似乎一點也不高興見到她。他肩上的鳥看起來更黑更大，比之前更嚇人。

「嗯……牠叫什麼名字？」歌蒂說。

「她。」男孩說，「摩根是『她』，不是『牠』。」

「摩──根──」殺戮鳥豎起羽毛看著歌蒂。

她往後退一步，「牠……嗯，她會咬人嗎？」

男孩的嘴歪成一抹令人不舒服的笑，「會，她尤其喜歡眼睛。如果妳腿斷了躺在地上，她會等到妳無力抵抗的時候，把妳的眼睛一顆顆啄出來。啵，啵。」

他想嚇唬我，歌蒂心想，他不知道我早就被嚇得半死不活了。

「這種事不會發生。」她說，「現在不會，這裡不會。」

男孩搖搖頭，像是不敢相信她有多愚蠢。「妳以為自己還待在璀璨城，」他說，「妳已經不在那裡了，妳現在在博物館。在這裡，任何事都有可能發生。」

博物館後廳與前廳大不相同。天花板高聳入天，牆上掛滿整排的大幅金框畫，畫中有留著落腮鬍的士兵，也有穿著舊式禮服的胖臉皇后。

其中一幅畫與其他畫作比起來特別引人注目。「那是誰？」歌蒂說，指著一個身穿閃亮盔甲，一手拿弓一手拿劍的年輕女孩。女孩上方有一幅旗幟，旗幟裡有一隻黑狼在嗥叫著。

「某個古老公主。」男孩說。

「她才不老。」

男孩翻了翻白眼，「我的意思是古老時期的一位公主，她曾是個戰士，好幾百年以前。」

歌蒂湊近看，畫作因年久失修而產生裂痕，但是女孩似乎自豪地回望著她，「芙西亞公主？」

「她是誰？」

「你知道的，一個童話故事，梅恩城的公主戰士。」

「我怎麼會知道？」男孩聳聳肩，繼續向前走。

歌蒂加緊腳步跟上他。「我們要去哪裡？」她說。

「不干妳的事。」

「我要怎麼幫忙？」

「不干妳的事。」

「你叫什麼名字？」她仔細看著他，「我以前在什麼地方見過你，對不對？你不是曾經住在舊城區嗎？砲艇運河附近？你在這裡做什麼？」

「不干妳的事。」

他們經過許多展示箱，裡頭放置一組組盔甲，以及骨骸和流蘇鞭子。展示箱中間堆了許多提煉鯨魚油的鍋子、破爛的腳踏車、老舊的木造手推車。每樣東西都蓋上一層厚重灰塵，樑柱上則垂掛許多蜘蛛網。

歌蒂從未想到在璀璨城境內竟存在這種地方，她想起父母親給她的警告而微微顫抖。毒昆蟲……灰塵……紫熱病……

「那是什麼？」她問道，指著某個開口佈滿釘子的鐵製機關。

「捕人器。」男孩說，看著她的表情咧嘴大笑。

歌蒂頭上的鯨魚化石發出呻吟，彷彿夢見了大海；水鼠標本的毛髮微微地飄動，某種生物拍了拍皮製翅膀。一個聲音一個動作都令她毛骨悚然。

但是同時她也感到熱血沸騰，她從未有如此清醒的感覺。我一直在沉睡！她心想，我的人生一直在沉睡，現在，我醒過來了！

房間連綿不絕，似乎永無止盡。歌蒂知道博物館不可能這麼大，但是空間還是不斷在她面前延伸。他們走過的大門與街道一樣寬敞，玻璃展示箱排成一列無窮無盡的隊伍。

接著他們走進一扇門。除了天花板依舊高高在上之外，門後的景色宛如踏進了路中央，璀璨城裡從沒見過這樣的路。

正前方是一條空曠大道，路上處處是結滿刺莓的灌木叢，以及深色陰影。路中央有一棵大樹，樹上有一間由樹枝支撐的小木屋，還有一架搖搖欲墜的梯子直通而上。

歌蒂沒見過這麼有意思的東西，她朝大樹前進一步，又突然停下來。她的腳邊有一條溝渠，離她非常近，爸媽若是看到了，不嚇出心臟病才怪。

這條大溝渠是她的兩倍高，底下充滿了水。

骯髒的水。

汙穢的水。

疾病叢生、溺死孩子的水……

突然間，這兩天發生在歌蒂身上的事向她洶湧襲來，興奮感漸漸散去，剩下的只有恐懼。她目瞪口呆地站在溝渠前方，滿腦子都是告誡的話。

「怎麼了？」男孩說。他老早爬下水溝從另一邊上岸了，「妳怕了嗎？」

「嗯……沒有。」

「有，妳怕了。」

「我不怕！」

「我就知道妳沒用。」男孩說，頭也不回地與肩上的摩根一起消失在空曠大道的陰影裡。

歌蒂不知道該怎麼辦，剛開始她打算站在原地等他回來，後來她聽見微弱的吱吱聲，彷彿有人正躡手躡腳地接近她，最好的辦法還是去找西紐或是丹先生。

然而一想到必須獨自走過昏暗的房間，加上一路跟隨在後的吱吱聲，就令她心煩意亂，最後她選擇留在原地。

不知何處傳來轟隆隆的噪音，路的盡頭突然有一束明亮的車頭燈從黑暗中照射出來，喇叭嗚聲大作。歌蒂看得瞠目結舌，是一輛越野車，正朝她直衝過來。

那一刻，時間似乎慢了下來。歌蒂聽見男孩在遠處大叫，她卻無法動彈。她覺得自己像在作夢，彷彿是發生在他人身上的事，而她只是在很遠很遠的地方觀看。

男孩再次大叫，這時空曠大道上的陰影處浮現了——某樣東西。那東西看了歌蒂一眼，開始向她大步奔跑；那東西有雙紅色眼睛，滿嘴口水；那東西張開嘴，開始狂吠起來！吠聲加上越野車的喇叭聲，如雷電般震垮了高聳的天花板。

*真好笑，*歌蒂半夢半醒地想，*越野車就要把我輾死了，不需要再來一隻暴風犬吧。*

就在半夢半醒間，她好奇哪一樣東西會率先來到身邊，好奇何者傷她更重。她心想這是否就是企圖偷金幣的懲罰，西紐是否老早計畫了這一切。

現在越野車幾乎快要輾過她了，暴風犬也很接近，牠縱身一跳飛躍溝渠，眼神炯炯有神，接著張開駭人大嘴——

此時，歌蒂突然回過神來。她危急地大叫一聲，想要縱身躲開，但已然太遲。暴風犬一個轉彎與她迎面碰上，尖牙劃破她的衣服，撞得她飛出去。她的膝蓋著地，跌落一旁，掉進溝渠裡。

在她失去意識以前，最後聽見的是越野車從她頭上呼嘯而過的聲音，最後感覺到的是暴風犬在她臉上的溫熱氣息。

10 狗狗的細菌

首輔微笑著。每當他想說服別人行不可為之事的時候，笑容總是特別迷人。

他現在正把這套戲碼套用在民兵部隊的指揮官身上。

「先生，我想要恭喜你。」他說，「搜查炸彈客這項任務你們做得很好，那傢伙奪走了一條人命。謙卑的璀璨城市民感激你對職務的貢獻。」

指揮官臉一紅，眼睛直盯著首輔臨時辦公室的地板。「我……我很抱歉，大人，我並沒有參加這次的搜查。」

「沒有嗎？」首輔質疑地挑眉，「我以為在這個非常時期，每位重要人士都會被號召！」

「守護者……她不再信任我了，大人。因為逃家女孩的關係，還有那把剪刀。看樣子我極有可能受到——」他緊咬雙唇，「受到軍法審判。我的事業像是要……」他的聲音越來越微弱。

「但我相信守護者不會把責任怪罪到你頭上吧？」

「她會的，大人。她也應該這麼做，這都是我的錯——」

「怎麼會是你的錯呢？」首輔大聲說，「你負責管理全城的孩子嗎？你身為一位軍人，怎能期望你像個保母一樣呢？不，根本不是這回事！如果要怪罪的話，這都是我的錯！我早該料到會發生這種事，我應該要嚴加看管才是。」

「大人，你這麼說實在是太寬宏大量了，可是——」

「可是這是事實！軍法審判的日期是什麼時候？我和你一起去，為你請願。」

指揮官抬起頭，一副不可置信的模樣，「你願意嗎？大人，這會有很大的幫助！」

「放心吧，」首輔揮揮手，「城內經不起失去如此重要的人才。」

「真是感激不盡，大人！如果有任何我能做的來報答你——」

「不必，不必。這是我的榮幸——」

首輔突然住口，彷彿有件事恰巧閃過腦海，「不過，這倒讓我想到了，」他說，擺出眉頭深鎖的表情。「的確有件事可以請你幫忙。處在我這樣的職位，要找到一位可以說話的人並不容易，一位聰明又不會把我的想法洩漏出去的人……」

「你可以對我說任何事，大人。」指揮官熱切地說，「我一向守口如瓶。」

「真的嗎？這個嘛……那麼……」首輔用手指撫摸桌緣，讓時間靜靜流逝，「守護大人，」他終於開口，「的確把城市治理得非常好。」

「當然，大人！我相當尊敬她！」

「但有時候我怕——」首輔閉上嘴，搖了搖頭，「不，還是別說的好。我相信沒事的，她的判斷力肯定和以往一樣優秀——」

他又停了下來，指揮官眨眨眼直盯著他，首輔在心中嘆口氣，似乎決定把事情全盤托出。

「但問題是，」他說，「我認為守護者不太了解城市面臨著多麼嚴重的危險。沒錯，許多士兵正在外頭搜尋炸彈客，但是剩下的人在做什麼？替人開門，組織儀隊，幫助老太太過馬路。」

指揮官疑惑地點點頭，「守護大人認為確保一切正常運作很重要，好讓市民安心——」

「現在不是追求正常的時候！」首輔突然用力拍桌，大聲地說，「別管什麼儀隊了！不久後，七靈神就會要求最真實的貢獻！這可是可以讓你和你的下屬披著榮耀和財富返家的貢獻，全城民眾都會呼喊著你的名字！」

說到這裡，指揮官的眼睛像嬰兒般又圓又大，他舔了舔嘴唇，張開嘴準備要說話——

首輔舉起手，迷人笑容迅速回到臉上，像魔術師的戲法一樣不著痕跡。他起身繞過辦公桌。

「當然，我們希望這天永遠不要來。」他把手放在指揮官的肩上說，「畢竟，撇開昨天的炸彈攻擊，我們仍處於和平之中，願這種生活能長長久久！但如果未來，城市果真遭到嚴重的威脅」——他又揚起了微笑——「那麼我需要一個可以信任的人。」

話一說完，他將指揮官推出門外，「你好好考慮考慮再來找我吧，」他說，「別急，慢慢來。」

他回到位子上，心滿意足地哼著曲子。那個國民兵和姊姊其餘的部下一樣全是傻子，不過野心十足，沒有比充滿野心的傻子更有用的東西了。

歌蒂又濕又冷，全身上下痛得要命。她動也不動地躺著，試著回想剛剛發生的事。

附近的不遠處，有個男孩正在說話。「她可能會死的！為什麼她不閃開？」

「你剛來這裡的時候也和她一樣，」一個低啞的聲音說，「你也無法照顧自己，等著別人來救你。」

「我才沒那麼笨！」

「我記得你有一次——」

歌蒂動了動她的腿，涼鞋在泥濘裡吱吱作響。

「噓！」男孩說，「我想她醒了！」

突然一陣混亂和跑步的聲音，接著傳來西紐的聲音，「老天啊！發生什麼事，阿沫？她受傷了嗎？」

歌蒂漸漸睜開眼睛。她躺在空曠大道中央的大樹下，西紐和男孩蹲在一旁，聲音低啞的人則不見蹤影。

「妳還好嗎？」西紐神情擔憂地說，「哪裡摔著了？」

歌蒂小心翼翼地移動四肢，「我……我想應該沒有。」她說。

西紐扶她起來，接著脫下自己的緊身上衣，披在她肩上。他嚴肅地看著男孩，「阿沫，我以為我們告訴過你要好好照顧她。」

「我離開的時候她人還好好的，」阿沫抗議道，「然後鯊魚不知道從哪裡呼嘯而出，她卻完全不曉得要讓開！」

雖然有西紐的上衣，歌蒂還是突然激烈地顫抖起來。她幾乎連話都要說不清楚，「那是一台越……越野……車，」她說，「不是鯊……鯊魚！還有暴……暴……暴風犬！一隻活生生的暴……暴風犬！想要殺……殺掉我！」

「不是鯊魚，」阿沫說，「是鯊魚號。」

「那是丹先生的越野車，」西紐說，「可是開得那麼魯莽不像丹的作風。」

「他沒開，」阿沫說，「車裡根本沒有人。」

西紐揚起眉毛，「你確定？」

「我可沒瞎，西紐。是鯊魚號自個兒在到處遊蕩！」

歌蒂難以置信地看著兩人，「你們沒聽見我說的嗎？這裡有一隻暴風犬！」

來不及等到有人回答，一陣風突然襲來，只見歐嘉．西亞佛嘉和丹先生從空曠大道的另一邊急忙趕來。令歌蒂驚訝的是，兩人的中間夾著一隻小跑步的狗。那是一隻白色小狗，其中一個耳朵是黑色的，背後還有一條像旗子般搖動的捲尾巴。

歌蒂以前從未見過真正活生生的狗。狗會傳染疾病，經常抓狂亂咬人，璀璨城裡已經超過兩百年沒有狗的蹤跡。

阿沫想必看到了她的表情，因為他一邊皺眉一邊說，「那是布魯，他救了妳的命，妳該知道感激。」

歌蒂茫然地看著他。

「他把妳撞進溝渠，」阿沫說，「妳就只會站在原地！鯊魚號本來就要輾過妳了。」

對歌蒂而言，男孩似乎在打謎語，她又生氣又糊塗地搖搖頭，「是一隻暴風犬把我撞進溝渠，而且牠不是要救我，是想殺掉我！」

西紐清清喉嚨，「這個區域的博物館陰影很深，燈光忽明忽滅，若是加上噪音和車頭燈可能讓情況更糟，就算是一隻小狗也容易顯得龐大。」

「不！」歌蒂說，「事情不是這樣！」

然而當她環顧四周，試著想起那……那東西從灌木叢冒出的瞬間，卻發現她的印象已漸漸褪去，成了難辨的模糊汙點。陰影的確很深，燈光的確不太清楚，有可能真的是一隻小狗嗎？

不。

我不知道……

也許吧。

歐嘉．西亞佛嘉彎下腰拍拍布魯的頭，「真是個聰明的孩子，」她帶有微微口音，似乎是在法龍半島外其他地方出生的，「今晚多給你一塊骨頭。」

小狗開心地扭動身子並搖著尾巴。

「不過鯊魚號是怎麼回事？」丹先生善良的臉孔顯得憂心忡忡，他在歌蒂身旁蹲下來，「是真的嗎，小姑娘？我的越野車差點撞傷妳？」

歌蒂點點頭。

「我由衷地感到對不起。」老人說。

「嘖，如果她被壓扁了，道歉有什麼用？」歐嘉・西亞佛嘉抱怨道。

「無論如何我都不願意讓這種事情發生。」丹先生對歌蒂說，「老鯊魚號從來不曾失控過。」

「那為什麼現在失控了呢？」西紐說。

「我猜和那個逐漸逼近的麻煩有關。」丹先生又站了起來，「它在煽動是非，看來不僅僅挑起了往昔的威脅，也產生了新的威脅。我們最好提高戒備。」

「妳應該要聽見鯊魚號的喇叭聲！」阿沫說，「它就像個走失的嬰兒一樣哭嚎不休。」

「如果我們只知戒備而袖手旁觀的話，」歐嘉・西亞佛嘉嚴肅地說，「那我們都會完蛋！一定得查出麻煩從哪裡來，然後阻止它！」

丹先生點點頭，「西紐，明天你再去城裡一趟，和每一個熟人談談，問些問題。從那場炸彈攻擊問起，一定有所關連——」

歌蒂的頭開始抽痛，溝渠的水似乎滲入了骨頭。她不開心地抽抽鼻子，大家似乎都把她給忘了，也許他們終究認為她沒有用，如果爸爸媽媽在這裡就好了！一想起他們，一滴眼淚緩緩地從臉頰流下。

小狗頭一歪，抬頭望著她，捲尾巴在空中搖啊搖，黑色眼眸滿是同情，彷彿完全了解她的感受。

歌蒂告訴自己應該要感到害怕，但是她早已渾身沾滿泥巴和髒水，也可能早已染上紫熱病或破傷風，加上爸媽入獄在即，這全是她的錯。

一些狗狗細菌不可能讓事情變得更糟。

她伸出手讓小狗聞一聞，再小心地摸摸他的耳朵，觸感比她預期的更溫暖更柔順。

「布魯。」她輕喚他的名字。小狗用力搖尾巴，整個身體都跟著擺動起來。接著，在歌蒂還來不及阻止以前，他跳上她的大腿，前足趴在她的肩上，開始用濕熱的舌頭舔她的臉。

歌蒂閉上眼睛，努力不去想剛才她是多麼接近死亡，她是多麼盼著別人上前救她。她全身顫抖。我絕對不會再那樣了，她心想，下一次我會拯救自己。

「那麼，神聖護法有從紀錄裡找到任何滿足好奇心的東西嗎？」歐嘉．西亞佛嘉說。

深夜裡，三位管理員正在巡邏。

「灰塵、蛀蟲，還有幾隻蟑螂，」西紐說，肩上扛著他的豎琴，「沒什麼有用的東西。他們現在已經離開了，我懷疑他們還會再回來。」

他打了個哈欠，歐嘉．西亞佛嘉抬頭看他，「你該去睡了，」她說，「和那些孩子一樣。」

「她說得沒錯，西紐，」丹先生說，「明天你還有很多事要忙，追蹤炸彈客並不容易。」

西紐無力地笑了笑，不發一語。三人繼續前進，走上一條擺滿大理石雕像的長廊。

「也許這是個錯誤，」他們沿著長廊走到一半時，西紐說，「選在這種時候把歌蒂帶來這裡。」

「嘖，這才不是個錯誤，」歐嘉．西亞佛嘉說，「她還能去哪兒呢？」

「對孩子而言太危險了。」西紐說，「阿沫待在這裡就已經夠糟糕了，如果可以的話，我寧願送他回家。」

「你和我一樣心知肚明，」歐嘉．西亞佛嘉嚴肅地說，「如果我們不找出麻煩來源，加以阻止，那麼無論歌蒂和阿沫待在哪裡都會有危險，城內沒有人會安全。」

「可是我不——」

歐嘉．西亞佛嘉把手放在他的手臂上，表情和緩許多，「布魯喜歡她，光是這點便意義非凡。明天我會帶她到哈里山，讓博物館測試她。」

「然後我們再告訴她把她帶來這裡的原因。」丹先生說，「剩下的就由她自己決定。」

「當然啦！」歐嘉．西亞佛嘉說，「你以為我們會強迫她嗎？我現在成了神聖護法了嗎？」

「哈！」丹先生說，「妳，變成神聖護法？這我倒想瞧瞧！」

「你認為我無法勝任這個角色嗎？」歐嘉．西亞佛嘉盯著他，嘴角卻不住抽動，彷彿正努力忍住笑意。

「我想妳會要求孩子們機靈點——」

他突然住口。牆上的水煤燈閃爍不定，彷彿燈芯需要修剪了。博物館瞬變，雕像消失無蹤，取而代之的是一排又一排的古砲，刺鼻的黑煙儼然剛剛發射過。

丹先生和歐嘉．西亞佛嘉相互對望，「我不喜歡這樣，」丹先生喃喃地說，「我一點也不喜歡這樣！」

西紐一句話也沒說。他拿下豎琴，撥弄著琴弦，接著蹲在兩座大砲中間，開始冷靜專注地彈奏起來，彷彿歌蒂、阿沫和城裡所有的性命都指望在他身上。

事實上，確實如此。

11 哈里山

這天晚上，布魯蜷曲身體睡在歌蒂肚子旁邊。她很高興有他的陪伴，當她醒來哭喊著爸媽時，他會舔去她的眼淚；當有個巨大身影悄悄出現夢中，模樣一會兒像暴風犬，一會兒像霍普護法，然後兩者又結合成可怕的綜合體時，小狗會輕輕哀嚎，再舒服地依偎在她身邊。

博物館後廳沒有任何窗戶，所以她滿足地睡醒時並不知道確切時間。布魯不見了，她也餓壞了，所以她認為想必是早上了。

她在床上坐了好一會兒，等人來接她。但是不久後她等得厭煩了，便忍不住去尋找前晚用餐的廚房。

廚房並不在她記憶中的地方。

一開始她想自己一定是拐錯彎了，於是沿著原路回到睡覺的地方重新來過，但是最後又回到了同一面白牆前。

她摸了摸龜裂的石灰牆。*這面牆昨晚就在這裡了，我很肯定。*

她轉了一圈，覺得自己像個笨蛋。左邊是她來的方向，右邊則是她從未見過的陰暗走廊，她腦中的聲音低語道，*走那條路。*

聲音經常是對的，所以猶豫了一會兒後，歌蒂躡手躡腳地走向陰暗走廊，同時仔細聆聽是否有失控越野車或者飢餓殺戮鳥的聲音。她來到一扇門前，聲音催促她前進。她進入一間放滿木製面具的房間，面具上的雙眼個個兇狠殘忍。下一個房間擺滿雕像，再下一個房間則似乎是由大骨頭建成的。

就在這時，廚房突然出現了，飄來英式烤餅和熱巧克力的香味。歌蒂從門口走進來時，阿沫眉頭一皺，彷彿跟昨天比起來，今天的歌蒂更令他討厭。西紐從報紙後方探出頭來點了點頭，歐嘉．西亞佛嘉和丹先生互相看了一眼，似乎不言而喻地明白了些什麼。

歌蒂安靜吃著英式烤餅，喝著巧克力，同時用餘光偷偷看著三位博物館管理員。她從未碰過這種人，敢大膽反抗神聖護法，肩上帶著殺戮鳥也不以為意，而且還認為她可能會有用……

她等著有人向她解釋這一切到底是怎麼回事，但沒人開口說話，最後她放下準備享用的烤餅，鼓起勇氣說，「我能做什麼來幫助我的父母？」

西紐闔上報紙。「啊，」他說，「這是個很好的問題，妳能做什麼？」他推開盤子，「我今天到城裡去的時候會詢問有關妳爸媽的消息，如果我可以傳話給他們，我會傳。」

傳話！歌蒂突然喉頭一緊，「告訴他們——告訴他們——」

她說不出話來，但西紐似乎了解她的意思。他點點頭，「我晚點兒再帶著消息與你們會合。」

「小心點，西紐。」丹先生說，「城裡到處都是護法和士兵，我不准你冒些不必要的風險。」

「啐！聽聽你自己在說什麼！」歐嘉．西亞佛嘉說，「人生就是一場冒險！呼吸就是一種冒險！你這麼輕易就忘了嗎？難道西紐要像個嬰兒一樣，有人跟在身邊確保他的安全嗎？」

「我是說不必要的風險，兩者是有差別的，妳心知肚明。」

西紐的嘴角微微上揚，笨拙地對丹先生鞠躬，「我會小心的，」他說，接著又對歐嘉．西亞佛嘉鞠躬，「但不會過度小心。」

等到西紐離開之後，歌蒂才赫然發現他根本沒有回答她的問題。

「好了，孩子，」歐嘉．西亞佛嘉用毛巾擦了擦手說，「坐得夠久了，該是妳更加認識博物館的時候。我和阿沫會帶妳到哈里山。」

哈里山原來是一座樓梯，但不是在璀璨城可以輕易找到的那種樓梯。從下方往上看，樓梯左彎右拐、歪七扭八的，看起來相當危險。它有時會靠著牆壁，有時會翻到半空中，然後再搖搖晃晃移動幾步，落回原位。

布魯正躺在最底層的台階上，摩根則棲息在上方的扶手。小狗一見到歌蒂立刻站起來，圍在她身邊跳來跳去，尾巴瘋狂擺動。歌蒂猶豫了一會兒，彎下腰拍拍他的頭。

「快過來，」歐嘉．西亞佛嘉說，「哈里山可是不等人的。」

「我們要去哪裡？」歌蒂說。

「等著看吧，孩子。」

他們安靜爬上長長的樓梯，與牆面上的大門以及佈滿蜘蛛網的挑高迴廊擦身而過。他們每走一步，四周就揚起一片灰塵。有好幾次看起來就快要到達頂端，但是樓梯又會忽然轉個大彎，然後歌蒂就會看見階梯開始升啊升，一階比一階陡峭，直到消失在黑暗裡。

不久後，她開始呼吸困難。三人在一處平台稍作停留時，她鬆了口氣，無力地坐倒在地，臉上滿是汗水。阿沫和歐嘉．西亞佛嘉則坐在她上方的階梯。

他們僅僅停留了一兩分鐘，博物館又發生了一次令人不安的瞬變。歐嘉．西亞佛嘉和阿沫不發一語，站起來繼續往上爬。歌蒂皺眉看著他們的背影——為什麼他們什麼事都不願意跟我說——然後跟在後頭繼續向上爬。

她剛走不久，腦中的聲音突然低聲說，不要相信妳的眼睛。

什麼？

不要相信妳的眼睛。

這到底是什麼意思？歌蒂看著這些樓梯，似乎沒有任何異狀。她閉上眼睛……

她停下腳步。

「怎麼了，孩子？」歐嘉．西亞佛嘉說。

歌蒂知道如果自己說錯了，阿沫一定會嘲笑她，於是她背對阿沫小聲地說，「有感覺哪裡怪怪的嗎？」

「博物館裡所有東西都怪怪的。」歐嘉．西亞佛嘉說。

歌蒂緊咬嘴唇，「我們看起來像是朝哈里山往上爬，但是我閉上眼睛時，卻沒有往上爬的感覺，而是往下走！」

老婦人讚許地點點頭，轉向阿沫，「她感覺到了。」

阿沫一臉不悅，像是不希望歌蒂有所感覺，無論這種感覺是什麼。

「瞬變，」歌蒂說，「那是什麼?代表什麼意思?」

歐嘉．西亞佛嘉沒有回答她的問題，反而問道，「妳會吹口哨嗎，孩子?」

歌蒂點點頭。老婦人把手伸進口袋，拉出一條鑲有亮片的大方巾。方巾的四個角落和邊緣分別打上了許許多多的結。歐嘉．西亞佛嘉解開其中一個最小的結。

一陣微風立刻不知從何處飄了過來，吹起歌蒂的頭髮，弄亂摩根的羽毛。歐嘉．西亞佛嘉噘起嘴吹了三聲口哨，微風瞬間消失，只剩上方階梯的灰塵在半空中飛揚旋轉，再慢慢落地。

歌蒂目瞪口呆。「妳是怎麼做到的?」

歐嘉．西亞佛嘉看了阿沫一眼。

「她可以與風交談，」男孩含糊地說，「大小風兒會告訴她各種消息。」

「消息並不完全可靠，」歐嘉．西亞佛嘉說，「風也有一些不去的地方，不過或多或少都聽我的命令。」

她遞出方巾，「妳可以試試。」

為什麼?歌蒂心想，為什麼要給我看這個?但她還是拿起方巾好奇地研究。

角落的四個結特別大，其餘的則很小。歌蒂觸摸其中一個小結，結在手指下嗡嗡作響——嗡嗡嗡嗡嗡嗡嗡嗡——她趕緊把手抽開。

「她做不到。」阿沫說，「她害怕。」

「我們都有害怕的時候。」歐嘉．西亞佛嘉說。阿沫繃著臉，沉默下來。

歌蒂又摸了摸小結，這次有了心理準備，嗡嗡聲顯得沒那麼糟糕了。她把指甲嵌進布料把結打開，一陣微風吹過額頭。她吹了三聲口哨，微風在耳邊徘徊了一會兒便消失了，灰塵揚起、落下。

「那些微風很快就會回來，」歐嘉．西亞佛嘉說，「告訴我們前方的路是否安全。」

歌蒂感到一股興奮。不過兩天前，她甚至不能自己過馬路，而現在她卻在這裡，指揮著風兒！

「我想再做一次。」她說，伸手抓住了四個角落的其中一個大結。

「不！」阿沫和歐嘉．西亞佛嘉異口同聲地叫道。

嗡嗡嗡嗡嗡嗡嗡嗡嗡！結在歌蒂的手指下鳴叫著。聲音又強大又劇烈，她嚇得趕緊丟開方巾。歐嘉．西亞佛嘉趁方巾掉落前一把接住。

「笨蛋！」阿沫說，「那是大狂風！妳根本連碰都不能碰！」

「他說得沒錯，」歐嘉．西亞佛嘉說，「妳不能叫大狂風替妳做事。大狂風隨心所欲，愛去哪裡就去哪裡，如果被釋放了，所到之處都會被摧毀。我從未解開任何一個大結，除非走投無路，不然我是不會這麼做的。」

「對不起。」歌蒂喃喃地說。

「學習沒什麼好丟臉的，」歐嘉．西亞佛嘉說，「不過探索未知事物的時候還是小心為上。」

她抬起頭，彷彿聽見了什麼，一陣突來的微風吹起她的灰髮。她在方巾上綁上兩個小結，微風消失了。

「我不太喜歡我們即將要去的地方。」她說，「不過我的風和妳的風都告訴我那裡沒有即刻的危險。」

她又開始爬樓梯，雖然實際上他們是向下走。阿沫遲疑了一下，在歌蒂耳邊小聲說，「別開始以為妳很聰明，那不是妳的風，是她的，全是她的，妳什麼都不知道。」

歌蒂對他吐舌頭，下樓追趕歐嘉．西亞佛嘉。

現在既然哈里山選擇帶他們向下走而非往上爬，似乎就急欲擺脫他們，兩側的牆壁漸漸變矮，再一個轉彎後便赫然來到最後一階。

歌蒂發現自己站在一間燈光昏暗的大房間入口。頭上的紅磚拱門若隱若現，並由許多大方柱支撐著。每個拱門上方有一個小籠子，水煤燈在籠裡微微燃燒。房間裡沒有地板，放眼望去只有一個又寬又黑的湖泊，湖水不停拍打著柱子和哈里山的底層樓梯。

「這裡，」歐嘉．西亞佛嘉輕聲說，「是老爪湖。我們得盡快通過這裡，若無必要千萬別說話。」

湖泊邊緣有一條狹窄的磚台，布魯踏了上去，聞一聞漆黑的湖水，淘氣模樣已不復見。他匆匆搖了搖尾巴，開始沿著磚台往前走。

阿沫接著跟上去，摩根拱著身子站在他肩上。最後跟上的是歌蒂和歐嘉．西亞佛嘉。水從天花板滴下來，流到每個人的頸後，空氣如冬夜般寒冷。

走沒多久，布魯突然全身僵硬，豎起耳朵，摩根的頭快速地左右擺動，彷彿想要看穿這片黑暗。他們全都停下腳步聆聽。

起初，歌蒂只聽見滴答滴答的水聲，以及背後柱子傳來的刮聲。接著，在洞穴遠方，有樣東西從水裡飛濺起來，再過一會兒，湖水像黑色舌頭般湧起，拍打她的腳踝。

「快！」歐嘉．西亞佛嘉輕聲說，「我們得趕緊離開這裡！」

布魯站在原地動也不動，目不轉睛地看著水面，背上毛髮直豎。阿沫跨過他，歌蒂隨即跟上。磚台覆蓋了一層綠色泥巴，實在寸步難行，她確定如果走太快的話一定會滑倒。

又傳來水濺聲，這次更接近了。湖水在歌蒂腳邊湧起，寒冷且充滿侵略性。

「阿沫，找出大門！快點！」歐嘉．西亞佛嘉大叫，把安靜兩字拋到九霄雲外。她的聲音在拱門迴盪。快點！快點！快點！

歌蒂拔腿跑了起來，雙腳在不穩固的磚塊上頻頻打滑。一陣浪打來纏住她的腳踝，試圖把她從磚台拉下來。她迷迷糊糊地抓住阿沫，阿沫也抓住她的手臂，就在前方的牆壁上有一扇矮門，阿沫摸索著把門打開，兩人連同後方的歐嘉・西亞佛嘉一起跌了出去。

「布魯！」歌蒂驚呼，「布魯呢？」

她往後一看，正看見小狗面對她，沿路從磚台跑了過來，只是不知為什麼，在斷斷續續的燈光下，他看起來大得多，大得非常非常多。

歌蒂張嘴大叫。

一陣騷動和尖叫聲中，大門猛地關上。歌蒂眨眨眼，往下一看，布魯就在腳邊，繞著她蹦蹦跳跳，搖著尾巴微笑。不過就是一隻小白狗，見到大家安然無恙而開心不已。

那些陰影又再次整了她一回。

12 差勁的解釋

「在老爪湖弄得灰頭土臉，是嗎？」中午大夥兒與西紐碰面時，他這麼說，用那模樣怪異的手指撥弄著琴弦，「丹是對的，古老威脅正蠢蠢欲動，我們最好提高警覺。」

他們離開地下湖泊後的四個小時內，歐嘉．西亞佛嘉和阿沫帶著歌蒂參觀了一個又一個房間。她看見了海豚標本、老舊的娃娃屋，以及一間間嵌入牆內、散發絕望氣息的黑色小牢房。她擦身走過深淵，以及逼近三層樓高的生鏽車輪。她仰望倒在一旁的廢棄帆船，彷彿退潮時擱淺在博物館內部一樣。

每個房間都有名字，大無畏館、失蹤兒童館、淡水魚館、老礦梯館、粗暴湯姆館。但是還不只這些，這棟博物館比歌蒂所想的還大，像是沒有盡頭似的。

現在他們正站在一座名叫惡魔廚房的山頂，山上覆蓋許多巨石，天空充滿昆蟲嗡嗡叫的聲音。自從進入博物館以來，歌蒂頭一遭看不見任何天花板的蹤跡，她難以想像他們仍處在小小的石頭建築裡，天空似乎朝四面八方不斷地延伸。

「那麼其他事情進行得如何？」西紐說，「哈里山那裡的情況怎麼樣？」

歐嘉．西亞佛嘉點點頭，「她感覺到了。」

西紐嚴肅的臉轉變成一個大大的微笑，他抓住歌蒂的手用力搖晃，「很好！太棒了！」他說，接著轉向歐嘉．西亞佛嘉，「剩下的事情妳告訴她了嗎？」

歌蒂豎起耳朵。今早的所見所聞令她著迷，但並未讓她忘記爸爸媽媽，以及急欲幫助他們的渴望，自從吃早餐開始，她的耐心就一點一滴地減少。

就是現在了嗎？她心想，他們要告訴我，我可以做些什麼了嗎？

「我還在等丹，」歐嘉．西亞佛嘉說，「他和我們約在這裡碰面。」她左顧右盼，「布魯呢？他跑到前面去了。」

「我想他走進隧道裡了。」西紐說。

「嘖，他走太快了。阿沫，你帶歌蒂一起去追他，丹一到我立刻跟上。」

歌蒂動也不動，「那我爸媽怎麼樣了？」

西紐猶豫了一會兒。「恐怕不是什麼好消息，他們昨天被判刑了，囚禁在懺悔之家的地窖裡四年。」

歌蒂早有心理準備，但是全身依舊變得又冷又虛弱。她得靠在大石頭上，否則可能會昏厥過去。

「我本想最好傳個口信給他們，」西紐繼續說，「我以前做過，可是我的線民個個在避風頭，炸彈攻擊把所有人都嚇壞了。」

歌蒂幾乎沒在聽他說話。「我一定得做些什麼，」她小聲說，「我根本應該回去。」

「別傻了，孩子。」歐嘉．西亞佛嘉說，「如果妳被抓走了，對任何人都沒有好處，妳必須要有耐心。」她轉向西紐，「你有找到關於炸彈客的消息嗎？」

「他們似乎消失得無影無蹤，我找不到任何相關線索，不過我明天會再試試看——」

「喂！」阿沫在歌蒂耳邊說，「妳來不來啊？」

他撥開一堆矮樹叢，其中一顆岩石上出現狹窄的裂縫。他低下頭擠了進去。歌蒂聽見打火機的摩擦聲，一束微光在黑暗中發出光芒，於是她也低頭溜進了裂縫中。

她發現自己在一個小洞穴裡，岩床十分平坦光滑。有條隧道通往左邊，阿沫正沿路往下走，手裡搖搖晃晃地拿著一盞燈籠，背後的影子漸漸逼近。

歌蒂想起爸爸和媽媽，懺悔之家的地窖一定比這裡還要陰暗……

她咬住嘴唇，急忙趕上阿沫。

隧道一路上相當平坦，接著一個轉彎後開始向下傾斜。空氣聞起來乾燥、陳腐，燈籠映出的光線讓牆壁如蛇眼般閃爍。

「我們在哪裡？」歌蒂低聲說。

阿沫沒有立刻回答，等到他終於回應時，卻是牛頭不對馬嘴的答案。「因為妳是小偷，」他回頭說，語氣比往常友善許多，彷彿同樣受到黑暗的影響。

就在這時，隧道毫無預警地下陷。歌蒂絆了一跤，趕緊伸手拯救自己，石牆劃破她的手指，「哎唷！」她叫道。

阿沫停下腳步舉起燈籠，「怎麼了？」

歌蒂以前僅有一次割傷自己的經驗，當時她六歲，爸媽緊張地送她到醫院縫合，過後還讓她在床上躺了整整一個月。這個傷口大得多，血流如注，光是看一眼就讓她恐懼萬分，但是阿沫看了卻輕蔑地哼了一聲，然後繼續往下走，像沒事發生一樣。

「只有小偷才能在博物館裡找到出路，」他回頭說，「沒人知道為什麼。而哈里山改變方向時，又只有千分之一的小偷有辦法注意到，這就是我們來到這裡的原因，這是一場測試。」

歌蒂試圖把注意力集中在男孩所說的話，但是她的手指強烈地抽痛起來。她竭盡所能去想其他事情，「這表示你也是個小偷囉？」

「嗯哼。」

「你偷了什麼？」

有那麼一會兒，歌蒂以為他不打算回答，接著他說，「我自己。」

這對歌蒂而言一點道理也沒有，她的手指像是著火一般，前方的隧道開始下降，降至黑暗中。她碰觸石牆，牆面如牙齒般銳利。

突然間，毫無來由的，她感到怒火中燒。她在這裡做什麼？她應該想法子幫助爸爸媽媽，而不是在某個愚蠢隧道閒晃，聽著一些令人不解的愚蠢故事。歐嘉．西亞佛嘉要她保持耐心，這說起來倒容易，但她已經受夠等待了！

她停下腳步，阿沫舉起燈籠好讓燈光映上她的雙眼，「又哪裡不對了？」

「我想要回去，我想要把爸爸媽媽救出懺悔之家。」

「別傻了，妳救不出他們的。」

歌蒂瞪著他，「你說過我可以的！這就是我待在這裡沒去史波克的原因！」

「我說妳可能會有幫助，可沒說幫他們逃獄，沒有人逃得出懺悔之家，除非等到他們的刑期結束，妳是知道的。走吧，不要浪費時間了！」

歌蒂惱怒地搖搖頭，「你不懂！你們沒有半個人懂！又不是你的父母被關在牢裡，如果是的話，你一定會希望有所行動，而不是無用地在這裡瞎晃！」

阿沫態度強硬起來，「妳什麼都不知道！」他咆哮道，接著聳起雙肩繼續沿著隧道向下走，速度非常快，歌蒂得奔跑才追得上他，否則可能會被獨自丟在一片黑暗中。

地面比先前更加險峻，兩側牆壁越來越貼近，每當隧道岔出一條分支就出現一個大洞，歌蒂面前的阿沫，背影看起來冷酷且充滿敵意。

他惱羞成怒了，歌蒂心想，因為他知道我是對的，我應該做些什麼！他說過我可以的！不然我根本不會留下來！

她越想越生氣，要不是阿沫，她現在也許早就到達史波克，和媽媽的親戚在一起，而不是待在這條愚蠢的隧道流血致死。

閃閃發亮的牆壁似乎在反映著她的憤怒。她滿腦子所想的，全是西紐、歐嘉．西亞佛嘉和丹先生如何強迫她留在這裡。她氣他們，也氣阿沫在她毫無能力時，讓她以為自己有辦法拯救爸媽。

就像聽見她的心事似的，阿沫突然停下腳步，不再生悶氣，而在微笑。「換妳帶路。」他說。

歌蒂正在氣頭上，對於那抹詭異微笑沒有多加考慮，便搶過他手中的燈籠。她的面前有一顆大石頭，她大步從旁邊繞過。

大石頭的另一邊冒出了一隻暴風犬。

13 回憶之地

大石頭彷彿突然活了過來，暴風犬冷不防地現身，碩大、黝黑、駭人，雙眼在燈籠的映襯下閃耀紅光。

有那麼一會兒，歌蒂嚇得動彈不得，啞口無言。誰來救救我！她急迫地想，阿沫！救命！但是她的身後沒有半點聲音。

他走了，他逃跑了，把我一個人留在這裡。

不知為何，這個想法讓她全身湧上一股力量，以及隨之而來的堅定決心，她不能無助地站在原地等死，絕對不能！

她搖晃不安地向後退一步，燈籠映照出的影子徐徐把她包圍。暴風犬張開駭人大嘴——接著竟然開始說話，聲音如遠方落石一般低沉。

「我一直在等妳。」

歌蒂害怕得幾乎無法呼吸，更使勁地握住燈籠。如果她把燈籠丟出去——如果她把燈籠丟進暴風犬的嘴裡……距離那麼近，幾乎不可能丟偏。她要把燈籠丟出去，然後逃跑，爬回陰暗的隧道裡，雙手直直向前伸，耳朵仔細聆聽有無追趕的聲音……

不！別光是想！做就對了！

她舔了舔嘴唇，「說點別的，」她對巨獸輕聲說，「張開嘴巴。」

暴風犬把頭一歪。

「不要害怕。」歌蒂背後的聲音說道。

歌蒂如釋重負，幾乎要哭了出來，是歐嘉．西亞佛嘉！如果有人能夠救她，那麼那個人一定是歐嘉——

「只是布魯罷了。」

「什麼？」歌蒂向後一轉，注視著老婦人，然後又轉回來，對著面前的龐然大物直眨眼。「布魯？」

「妳不認識我了嗎？」暴風犬說。

「不！」

暴風犬搖搖晃晃地朝她前進一步。他的身軀非常巨大，眼睛甚至能夠與歌蒂平視，他的動作笨拙，全身十分黑亮，除了一隻白色耳朵。

「妳現在認出我了嗎？」他低沉地說。

「沒……沒有。」

巨犬神情失望，讓歌蒂覺得自己不得不再說些什麼，「我……我想這是因……因為你是小狗的時候不會說話。」

布魯若有所思地點點頭，「這是暴風犬的天性，我們時大時小。小的時候就用尾巴、耳朵還有背上的毛髮說話，而大的時候……」

他突然陷入沉默，歌蒂畏怯地看著他。

她身後的歐嘉．西亞佛嘉說，「阿沫，為什麼你沒告訴她那是布魯？你在耍什麼把戲？」

「只是開個玩笑，」阿沫喃喃地說，其實自始至終都待在原地，「因為她是新——」

「你也曾經是這裡的新人，」歐嘉．西亞佛嘉冷冷地說，「我可不記得任何人對你開過玩笑。嘖！博物館的危險已經夠多了，不需要因為你的貪玩增加更多麻煩。走吧！我為你感到丟臉。」

阿沫想要說些什麼，但老婦人不允許，「走！」她又嚴厲地說了一遍。

男孩的腳步聲在隧道裡迴盪。搖曳的燈光下，歐嘉．西亞佛嘉站在歌蒂旁邊。「妳瞧，」她說，「沒什麼好怕的。」

「我……我以為暴風犬都是——」歌蒂本來想說『假的』，但是正好有隻暴風犬站在面前，這話聽起來很沒有禮貌，於是她只好說，「我以為暴風犬都絕種了。」

「的確如此，所有的巨犬都消失了，除了布魯以外。」歐嘉．西亞佛嘉說。她伸手摸了摸那顆大腦袋，「現在帶路吧，我的朋友，有些事我們必須給這孩子看看。」

暴風犬的身體幾乎塞滿了狹小的隧道，但他一個轉身，動作相當流暢，令歌蒂嘆為觀止。他們夾在石牆之間，緩緩往下走，她一邊靠近歐嘉．西亞佛嘉。

「他真的很溫馴嗎？」她小聲地說。

「溫馴？」歐嘉．西亞佛嘉說，「暴風犬從不溫馴。他既狂野又大膽，而且看待世界有他獨特的眼光。不過妳若是以禮相待，他就不會傷害妳。」

「他從哪裡來？」

「我從馬戲團把他偷來的。」

「可是璀璨城已經好幾百年沒有馬戲團了！」

歐嘉．西亞佛嘉露出神秘的微笑，「我們有些人看起來比實際年齡老。」

歌蒂感到頭昏腦脹，接著她想起阿沫說過的話，「布魯也是個小偷嗎？」

「嗯，沒錯，他偷取生命。他在馬戲團裡殺了一個酷虐他的男人，馬戲團裡的人本來要槍殺他，但是我把他偷走並帶來這裡。」

有個專偷生命的小偷在面前如此接近，歌蒂實在是坐立難安。但過了一陣子，她的心跳逐漸恢復正常，濕黏的手汗也慢慢消散。她帶點害怕地輕笑，但願菲佛現在可以看見她，她可正走在一隻活生生的暴風犬後面呢。

隧道越來越暖和，但空氣依舊乾燥。他們往下走了好久好久，似乎都快要接近地心了，然而這時，隧道突然擴張開來，他們踏上一個洞穴地面，歐嘉．西亞佛嘉把燈籠裡的火焰升高。

歌蒂驚呼一聲，洞穴牆上排滿了人骨。大腿骨從地面一路堆到天花板，肩胛骨則以錯綜複雜的圖案交叉其中。肋骨、脊椎、腰骨和頭骨像麵包一樣互相層層交疊，加上指骨作為花邊點綴。

「這裡，」一丹先生的聲音從她正後方傳來，「是回憶之地。」

「喔！」歌蒂猛然轉身，「我不知道你在這兒！」

「嘖，他在裝模作樣，」歐嘉．西亞佛嘉說，「你以為你在做什麼，丹，嚇小孩嗎？」

「她沒有被嚇到，是吧？小姑娘？」

歌蒂看著老人微笑的表情，「有一點。」

「啊，那麼，我沒有惡意。小心妳的腳步。」他說。

「我們不是來這裡討論腳的，」歐嘉．西亞佛嘉嚴肅地說，「我們要告訴她有關博物館的一切。」

此話一出，歌蒂的沮喪感一湧而上。「可是為什麼呢？」她脫口而出，「為什麼要告訴我這些？為什麼把我帶來這裡？阿沫說我也許可以幫上忙，但我不懂那是什麼意思！」

丹先生嘆口氣，「妳說得沒錯，小姑娘，該是時候告訴妳了。」他清清喉嚨，宛如準備講述一個故事，「很久很久以前，當時的法龍半島被稱為法魯魯納島。」

法魯魯納納納納納納納……這個詞在洞穴迴盪，餘音繞樑，久久不散，彷彿成堆的人骨熟悉這個字眼，不肯讓它走。

「那個時候，」丹先生說，「回憶之地相當神聖，每當有人去世，屍體就會獻給殺戮鳥，然後骨頭會被帶來這裡堆疊成排，這麼一來就算認識他們的親友全走了，他們也將永世不被遺忘。」

「山保護著他們，」暴風犬低沉地說，「山保護所有的東西。」

「這棟博物館建於五百年以前，」丹先生繼續說，「目的是為了藏匿這塊回憶之地，不讓它受到有心人士的破壞。當時博物館只有幾個房間，裡頭除了青銅工具和舊錢幣之外，什麼都沒有。許多年過去了，城市人口開始佔領空地，放逐動物，於是博物館日益茁壯。」

「這裡變成了大自然的避難所，」歐嘉．西亞佛嘉說，「所有城市不想要的東西都來到這裡。」

「山保護著他們，」暴風犬又說了一次，「山保護所有的東西。」

丹先生把手放在其中一塊頭骨上，頭骨因歲月而泛黃，眼窩結滿蜘蛛網，「但是你無法把大自然關在同個地方，他們也不願意被束縛，這就是房間會瞬變的原因。如果博物館或管理員受到威脅，瞬變頻率就會加劇。這裡是他們最後的大本營，他們絕對不會袖手旁觀看著博物館被摧毀。」

暴風犬突然發出嘷叫，兇猛的聲音讓歌蒂膽戰心驚。「博物館正受到威脅，吼！我可以嗅得出來！」

丹先生點點頭，「我們知道有些麻煩正步步逼近，博物館感受得到。然而我們不清楚麻煩的真面目，也不知道麻煩從哪裡來，這讓事情相當棘手。」他直視歌蒂，「小姑娘，這個地方隱藏許多偉大奇蹟，但也藏匿了許多可怕、不得驚動的東西。」

「像老爪湖裡的東西。」歌蒂小聲說。

「比老爪湖還糟，」丹先生說，「糟多了，如果博物館變得焦躁不安，那些可怕東西將會掙脫而出，跑進城市裡……」

兩旁的骨頭在燈籠照射下似乎打著寒顫。歌蒂嚥了嚥口水，試著不去想像爸媽被關在懺悔之家的同時，街道還有許多可怕東西朝他們前進。

「這就是我們竭盡所能要維持房間和諧的原因。」歐嘉．西亞佛嘉說，「西紐負責彈奏豎琴，我、丹還有阿沫唱歌。我們保護這棟博物館，也保護整座城市。然而即便我們那麼努力，情況還是每況愈下，博物館知道危險來臨了。」

「那場炸彈攻擊？」歌蒂說。

「我們認為那是其中一部分，」歐嘉．西亞佛嘉說，「但是仍有更大的危險醞釀著，西紐正努力的要追查出來。」

「一旦他找出真相，」丹先生說，「那我們就戰鬥，這就是妳可以幫上忙的地方，小姑娘。」

「戰鬥？」歌蒂尖聲叫道，「我根本不會！」

「時候到了妳自然就會了。」丹先生說，「妳認識多少人敢質疑神聖護法所說的話？」

「很多人，」歌蒂說，「我認識的每個人私底下都在抱怨。」

「喔，私底下！我們私下的時候都很大膽，但是敢公然付諸行動，這需要極大的勇氣。」

歌蒂想要贊同老人，但她做不到。「這不叫勇氣，」她說，「我只是再也受不了了，受夠他們想把每個人雕塑成相同性格的模樣，受夠大家在他們旁邊說話順從、不敢說出自己想法的模樣。我恨他們。」

「於是妳就逃走了，」歐嘉．西亞佛嘉說，「成了一個小偷。」

「是的，」歌蒂臉微微一紅，「阿沫說只有小……小偷才有辦法在博物館裡找到出路。」

「沒錯，」歐嘉．西亞佛嘉說，「我們不確定為什麼，也許小偷身體裡的狂野天性和這裡的原始生物有所共鳴，也許小偷有本事看見一些秘密路徑或藏身之處。」

她嚴肅地看著歌蒂，「仔細聽好，孩子，我並不是要讚揚偷竊，這個世界有些人認為自己比他人優越，或值得擁有更多。他們能搶走自己祖母的最後一塊錢卻還沾沾自喜，對於這種人我不想浪費時間。手腳敏捷、眼明手快是種天賦，如果用來傷害別人，就算是再微小的程度，妳都是在背叛自己和周遭的人。」

她停頓，「但有些東西——」丹先生提醒道。

「我就要說到那兒了，」歐嘉．西亞佛嘉說，「你現在是想替我說下去嗎？」

她回過身來面對歌蒂，臉上面帶微笑，「但有些東西，孩子，妳必須得偷，妳一定得偷，如果妳心中有足夠的愛和勇氣。妳必須從暴君手中奪取自由；妳必須在無辜生命被摧毀以前一一偷回；妳必須把幽密神聖的地方藏好。」

「勇敢的小偷才有辦法做到，小姑娘。」丹先生說，「妳很勇敢，即使妳自己不相信，如果妳願意的話，妳可以幫助我們。」

「但妳必須真心誠意，」歐嘉．西亞佛嘉補充道，「如果妳不願意，沒人會責怪妳，我們會把妳送到城外安全的地方。」

不久前，歌蒂還後悔著自己沒有動身前往史波克，但是現在，一想到要離開這裡，她就一陣沮喪。「我要留下來！」她立刻說，「我要幫忙！如果你們需要的話，我甚至可以學習如何戰鬥！」

她以為歐嘉．西亞佛嘉會感到高興，但老婦人搖搖頭，「嘖！妳有花時間思考這個問題嗎？不，妳只是輕率地一頭栽入未知世界！」

她把手放在歌蒂的肩上，「聽我說，孩子，妳這輩子都被當作嬰兒般對待，現在妳必須快速成長，妳很大膽，這是好事，但妳也得有智慧，做決定前要謹慎思考，博物館危機四伏——」

「我會保護她。」布魯插嘴道。

「我知道你會盡全力，親愛的，」歐嘉．西亞佛嘉說，「但是在這種地方，就算是你也不能保證她的安全。」

她轉身面對歌蒂，「仔細想想，然後再做決定。」

歌蒂仔細想著，她想起當初在城裡的第一晚是多麼害怕。她想起摩根、老爪湖，還有當她繞過大石頭與暴風犬面面相覷的時刻。還有更糟的東西，糟多了。

她勇敢嗎？她不認為。她有辦法忍受待在如此危險的地方嗎？

腦中聲音不斷重複歐嘉．西亞佛嘉的話，我們保護這棟博物館，也保護整座城市……

歌蒂把手伸進口袋，緊緊握住那隻藍色小鳥。把爸媽救出懺悔之家仍是她最大的心願，但是阿沫說得沒錯，刑滿以前沒有人能逃出那個可怕的地方。

如果待在這裡，她至少可以保護他們，阻止更糟的事情發生，她也將保護菲佛和柏格夫婦，以及所有的朋友。

她深深吸了一口氣，「我要留下來，」她說，對自己平靜的口吻感到訝異，「只要能幫得上忙，我什麼都願意做。」

14 手語

「孩子，這裡有些妳非學不可的本領。」第二天早餐時，歐嘉．西亞佛嘉說，「只要有時間，我們全部都會傳授給妳，不過阿沫會是妳的主要老師。」

阿沫哀嚎一聲，「非得是我嗎？」

西紐從報紙後方探出頭，「你學會那些本領到現在過不了太久，我想你應該記得那有多困難。」

阿沫臉一紅，目光瞥向別處。整個早晨他都沒有和歌蒂說過半句話，歌蒂也沒開口。她不信任他，下定決心不去理會他或再次被戲弄。

她也沒有理會布魯，他現在正在廚房裡，又小又白的躺在丹先生腳邊，但是歌蒂忘不了表面下隱藏的真相。

「越快開始越好，」歐嘉．西亞佛嘉說，「阿沫，現在帶歌蒂到影子館，教她如何奔跑。」

阿沫動也不動，「那西紐呢？他要做什麼？」

「我要回城裡一趟，」西紐說，「有些——」

「我和你一起去，」阿沫急迫地打斷他，「我可以變裝，假裝戴著守護鏈！」

「不行，」歐嘉．西亞佛嘉說，「你得教歌蒂。」

「但我說不定會發現——」

「不行！」歐嘉．西亞佛嘉口氣嚴厲，儼然尚未原諒阿沫昨天的惡作劇。很好，歌蒂心想，我也還沒原諒你呢。

「我要去追查一些線索，」西紐說，「隻身一人比較方便。」

「你當然無所謂了。」阿沫抱怨道。

「什麼？」西紐說。

「沒事。」

「你說什麼，阿沫？」

阿沫盯著桌面，「你當然無所謂了，你可以做些有意義的事。」

「你認為教歌蒂沒有意義嗎？」

「她沒救了，」阿沫說，「她什麼都不知道。」

西紐推開報紙站起來。「好了，我受夠了，」他對歌蒂說，「我想妳應該懂一些手語吧？」

歌蒂點點頭。

「你呢，阿沫？」

「手語誰都懂。」阿沫咕噥地說。

「但是不是同一種手語呢？」西紐說，「那我就不敢說了，即使在舊城區我也見過孩子們使用五到六種不同版本的手語。」

「所以咧？」阿沫說。

「所以，從現在開始，除非我允許，不然你和歌蒂只能用手語和對方交談。」

歌蒂看了阿沫一眼，又趕緊轉移目光，「如果我們使用的版本不一樣怎麼辦？」

「那麼你們就要互相學習對方的手語，我相信這不是件難事，如果你們肯合作的話。」

「可是西紐——」阿沫說。

「沒有可是！在你回來之前不准再說半句話。」西紐拿起豎琴，大步離開廚房。

影子館到處都是泥巴、苔蘚和發臭的池塘。腳下的地板像海綿一樣，邊踩邊發出吱吱嘎嘎的聲音。就連空氣也很潮濕，許多咬人的小蟲在歌蒂頭上繞來繞去，想趁機停在她的手臂上。

「這裡——」阿沫開口說話，又馬上皺眉閉嘴，接著打起手語：這裡是廁所，不要離開魚，否則妳會喋喋不休。

歌蒂吃驚地看著他，什麼？她比劃著。

阿沫忍著怒氣，緩慢且仔細地重複一遍：這裡・是・廁所・不要・離開・魚・否則・妳會・喋喋不休。

聽不懂，歌蒂比劃道。

阿沫眨了眨眼，彷彿她說了什麼奇怪的話，接著他聳聳肩。打我，他比劃，然後轉身背對她，開始沿著兩側池塘中間的小徑走去。

這種誘惑實在難以抵擋，歌蒂走到他身後，握緊拳頭，用力往他肩膀揍了一拳。

他大叫一聲，連忙轉過身來，「妳在幹什麼？」他大聲說。

你要我打你，像這樣。歌蒂比劃完，又打了他一拳。

阿沫的眼睛氣得瞇成一條線，不對！他比劃著，打我！像這樣！然後招手要她跟上。

你的意思是？歌蒂比劃了跟隨的手語。

不對！那意思是——阿沫停頓，臉頰發紅，把手臂環住自己像在擁抱著某人。懂了嗎？我的意思不是這個！是打！

於是歌蒂又打了他。

別鬧了！

歌蒂聳聳肩，你叫我打，我就打。

阿沫眉頭緊皺，彎腰拾起一塊石頭丟進池塘裡。水面冒出許多泡泡，接著發出啵的一聲，臭味顯得更重了。

阿沫嘆口氣，比劃：跟我來，然後趕緊跑開，一邊不時回頭看，像是擔心歌蒂會偷偷接近抱住他。

現在歌蒂敢肯定她以前絕對見過阿沫，他曾住在舊城區，靠近砲艇運河的某個地方。不過西紐說得對，男孩的手語和她了解的版本大相逕庭，一些簡單的字是相同的，像是我、你或不，但僅止於此。如果像歐嘉．西亞佛嘉和丹先生所說，危險即將來臨的話，他們必須要能夠了解對方。

他們越深入影子館，空氣就越炎熱，歌蒂可以感覺到額頭流下的汗水。阿沫又停了下來，真是令人鬆口氣，他比劃著：現在我們沿著魚跳舞。

歌蒂認為他的意思應該不是魚，也不是跳舞。她打了個問號。經過一連串的白眼和不耐之後，他們終於搞清楚原來跳舞指的是奔跑，而魚指的是小徑；他們也達成協議，以後奔跑使用阿沫的版本，小徑則使用歌蒂的版本。

接著毫無預警地，阿沫跑了起來。歌蒂還來不及搞清楚狀況，他就幾乎消失於視線之外，她趕緊追過去。

她不習慣奔跑，影子館的環境又讓奔跑變得更加困難，黏呼呼的泥巴沾上涼鞋減弱了她的速度，小徑總是無來由地左彎右拐，周圍的池塘更是不停撲通作響。

前方的阿沫躲躲閃閃地跑過每條曲折小徑，歌蒂緊咬著牙，但願自己也能像他那樣穩健、快速地奔跑。她的手腳非常不靈活，又絆又跌的，好幾次還差點摔個四腳朝天。雖然她上氣不接下氣，肺也彷彿要爆炸似的，但依然繼續向前跑。

阿沫終於停下腳步，歌蒂隨後追上了他。她彎下腰，雙手扶著膝蓋不停喘氣。小蟲子趁機襲擊她，對於現在又濕又熱的她似乎更感興趣。

她稍微恢復元氣，抬起頭來。阿沫一臉得意地笑看著她，泥巴？他比劃。

歌蒂瞪著他。她討厭那個笑容。

泥巴？他又比劃了一次。

他到底在說什麼？在他那愚蠢版本的手語，泥巴代表什麼意思呢？也許是問她想不想喝點飲料，或吃點東西，或是好好休息一下。

不過話說回來，也許他的意思就是泥巴。

歌蒂不再瞪他，擺出天真爛漫的表情。你要泥巴？她比劃。

阿沫翻了個白眼，沒錯。

現在？

對！

歌蒂開心地對他微笑，然後彎腰抓了一把泥巴，近距離地朝阿沫丟過去。

她正中阿沫的臉，泥巴從他身上飛濺出去，他難以置信地大叫。歌蒂捧腹大笑，但並沒有得意太久，阿沫雙眼冒著怒火，也抓了一把泥巴，趁她來不及逃跑之前，抹在她的頭髮上。

歌蒂抓了更多泥巴盡全力往外丟，與此同時，阿沫也丟了更多泥巴反擊。她可以感覺到泥巴從臉頰、手臂和衣服上滑落，但她並不在乎，她只想要惹火他。

阿沫丟得精準多了，力道也比較大，但是歌蒂的憤怒補足一切。她抓起兩把泥巴，一次朝男孩丟擲過去，然後再往回跑抓取更多，阿沫也拿同樣的髒泥巴不停往她身上丟。

他們互相廝殺了好久，接著，就如同打起泥仗那般突然，他們也突然停戰了，兩人你看我，我看你。

他們又髒又臭，幾乎認不出人樣，只剩眼睛還看得見。

歌蒂費力舉起雙手，指著阿沫身上的淤泥。泥巴，她比劃。

有好一會兒，阿沫一點反應也沒有，接著非常緩慢地，他臉上的黑色面具突然裂開，開始放聲大笑。他不停地笑啊笑，不一下子歌蒂也感染了這股笑聲，跟著大笑起來，兩人的笑聲幾乎和打鬥聲不相上下。偶爾他們會停下來，等到其中一人比劃起泥巴的手語，又會開始不住大笑。

歐嘉・西亞佛嘉就是循著笑聲找到他們的。當她看見眼前的情況時，疑惑地揚起眉毛。她嘴角微微抽動，「我懂了，」她說，「原來你們在練習你們的臂力。」

話一說完，當然又惹得他們笑翻天。

經過那次胡鬧之後，歌蒂和阿沫的相處就輕鬆多了。雖然男孩依舊易怒，有時候會毫無來由地對歌蒂擺臉色，但是大致而言，他還是相當努力地教導歌蒂。

他們每天早上都去跑步，有時候布魯也會加入，出其不意地跳到歌蒂身上，通常是一隻白色小狗，不過有那麼一兩次會是巨大的黑色暴風犬，嚇得她心跳差點停止。她學會三思而後行，學會留心他的蹤跡，或是任何伺機而動的東西；她學會仔細聆聽腦中的聲音，並隨時保持警覺。

他們不跑步的時候，阿沫教歌蒂如何生火，如何包紮傷口，如何踏在岩石、樹叢、木頭地板跟蹤別人，以及如何在被跟蹤時甩開對方。他們逐漸合作出一套共同手語，不斷練習直到盡善盡美，最後西紐終於允許兩人開口和對方說話。

而一直以來，歌蒂始終掛念著即將來臨的麻煩，好奇它出現的時間點，以及到時候她將如何應對……

她變得越來越強壯，身手越來越矯健，便開始學習其他東西。西紐負責教她藏匿術三部曲。最簡單的是冒充術。方法就是冒充他人，最好是有點笨、脾氣好、不會被認真對待的人。偽裝術相對困難許多。歌蒂必須研究蝴蝶和飛蛾，觀察牠們如何與周遭環境融合。她學會利用雜草和樹葉分散輪廓，在臉頰和手臂漆上參差不齊的條紋，以便藏匿於陰影中。她練習一動也不動地蹲著，靜悄悄地呼吸，安靜得連布魯也聽不見。

剛開始，歌蒂認為這幾乎不可能辦得到，但是她很快就抓到訣竅，彷彿這個技巧一直潛伏在身體的某個角落，等著被激發出來。還記得第一次西紐與她擦身而過卻絲毫沒有察覺時，她簡直要開心地大叫。

最困難的是虛無術，學到了這個階段，歌蒂早已忘記她在博物館待了多久，外面世界似乎成了模糊的回憶。

她仍然每天惦記著爸媽，幾乎每晚都夢見他們。在她的夢裡，他們被某樣比懺悔之家還要糟糕的東西威脅著……

「歌蒂，妳有在聽嗎？」西紐說。

「抱歉。」歌蒂說。

「我剛剛說，並沒有很多人可以靈活運用虛無術，丹先生和歐嘉．西亞佛嘉的功力當然不在話下，甚至比我還厲害，阿沫也做得不錯，除此之外我只見過一兩個人用過虛無術，不過我有種感覺妳很快就能學會。」

他走開一段距離，直到陰暗處才停下來。

「最簡單的方式，」他說，「就是讓自己變得索然無味，甚至連光線穿透了妳也不想停下來。如果附近有陰影或掩蔽物更好，不過重點還是心智的操控，妳必須成為周遭環境的一份子，同時也成為虛無的一部分。」

他皺了皺長鼻子，「有趣的是，正確運用虛無術時，心智似乎會向外延伸，妳會發現自己聽見一些本來聽不見的聲音，知道一些本來不該知道的事情。」他突然咧嘴一笑，「妳現在還不必擔心，讓我們先從基本開始，來，我示範一遍。請轉身。」

歌蒂轉身。等她再次轉回來時，西紐已經不見了。

不，他在那裡，但幾乎看似不存在。歌蒂的目光不斷從他身上移開，她必須強迫自己把目光拉回。

「強光下不太管用，」西紐說。西紐一開口說話，她又立刻清楚地看見他。「除非在場有一些人潮，那麼妳就可以在人群中偷偷穿梭，只要不突然移動就行。快動作容易引人注目，妳立刻就會洩底。那麼現在，妳何不試試看呢？」

歌蒂竭盡所能淨空思緒，就如西紐所教的那樣。這並不容易，想法總是不停鑽回腦裡，她被自己弄得不耐煩了，而這只讓情況雪上加霜。

「別那麼用力，」西紐說，「別想那麼用力！」

然而，雖然歌蒂練習了好幾天，卻連最基本的虛無術都無法領略。

「沒關係，」西紐說，「我們都學了好一陣子，繼續努力。」接著他把歌蒂交給丹先生。

老人教歌蒂凌波微步，就算踩在蛋殼上也不會把殼弄破；他教她辨識他人腳步聲，例如腳步有多重、有多快，該人健康或生病、男人或女人、危險或無害。

他示範把東西藏在手掌心或衣袖裡，並教她克服自身恐懼。

「別想要逃避恐懼，」他說，「如果妳抗拒，恐懼感只會越來越嚴重。妳得禮貌地歡迎它，就像不請自來的表妹。妳無法讓它消失無蹤，但妳可以在恐懼存在的情況下，依然有辦法完成該做的事。」

然後他把歌蒂交給歐嘉．西亞佛嘉。

歌蒂從老婦人身上學會解鎖和撬開門窗；學會看穿對方的謊言，以及讓自己的謊言宛如實話。

她學會從蜜蜂群中偷走蜂巢，從溪流裡抓魚，以及偷竊的時機：何時該神不知鬼不覺，何時該大膽，何時該放棄。

這些課程似乎觸動了她的內心深處。她一股腦兒吸收，彷彿精神糧食一般，彷彿從出生那天起，她就一直等待這天的到來。她每天不斷練習，到了夜晚就夢見爸媽，而所謂的麻煩則一天比一天接近……

一天下午，西紐召喚大家到廚房集合。「如同你們所知，」他說，「我一直在城裡搜查線索。我在每個謠言、每個耳語還沒流傳出去之前，一個個追查，卻一無所獲。毫無疑問，炸彈客已經離開了璀璨城，如果他們還在這裡，我早該找到他們的蹤跡。至於神聖護法——」

他看著歌蒂，「官方消息指出，有關妳的搜索行動已經取消，不過我不太相信，他們還沒把妳從孩童名冊中剔除，這點很詭異，但是他們口風很緊，我找不出更多的消息。」他聳聳肩，「我不知道該怎麼思考這件事。過去幾個禮拜，瞬變頻率沒有加劇，也許危險已經與我們擦身而過。」

丹先生搖搖頭，「雖然瞬變沒有加劇，但是也沒有好轉。無論外頭那玩意兒是什麼，它是不打算離開了。你什麼線索都沒有找到嗎？什麼都沒有？」

「這……這個嘛，」西紐遲疑地說，「前陣子似乎有人闖進守護者的辦公室，沒人舉報任何遺失，不過一樓的窗戶留下一些不該出現的抓痕。這件事很可能發生在歌蒂來到這裡的同個晚上，但同樣的，我不是很確定。」

「聽起來不妙，」丹先生喃喃自語，「雖然我說不出為什麼。我只知道危險尚未離開，我打從內心感覺得到，就是現在，危險就在外頭某個地方。我想可能只是時機未到，真希望我能知道是怎麼一回事。」

首輔正在揮舞他的新劍，一把為他量身打造的精良武器，有著銀色劍柄和筆直劍身。他一邊來回跨步，閃避假想敵的攻擊，一邊構想他的計畫。每件事都順利進行中，現在只欠指揮官了。

根據首輔的間諜所言，那位國民兵終究沒有受到軍法審判。首輔並不訝異，他姊姊一向軟弱無能。她僅僅把他幽禁在軍營裡，沒有讓他受到應有的懲罰。而今天早上他已經獲准重回職位。首輔的嘴角露出一抹微笑，如果判斷得沒錯，他不用再等多久了。事實上……

辦公室傳來刺耳的敲門聲，首輔油然升起一股滿足感，他使出最後刺擊，劍身刺中了窗簾的心臟位置。他拿出懷錶，時間正好。「請進！」他說。

門猛然打開，民兵部隊的指揮官大步走了進來。他的制服一塵不染，相當平整，彷彿正在受檢閱一般，臉上則有一顆光亮的汗珠。他跨過地毯，在首輔面前立正站好，「大人！那麼晚了，但願沒有打擾到你。」

首輔把劍收進劍鞘，「指揮官，能再次見到你真是太高興了！晚？當然不會！我的幕僚全都回家了，只剩我在這裡，一如往常地開夜車。」他緊握指揮官的手，「看到你被釋放真令我鬆口氣，我的辯護沒辦法讓你早點自由真的很抱歉，不過我已經想盡辦法說服守護者讓你免去軍法審判。」

「謝謝你，大人，」指揮官說，眼睛快速眨動，「我欠你一個人情！如果不是你的話，我——」

「不需道謝，」首輔說，「這是我的榮幸，我們禁不起失去像你這樣的人才。那麼，你有沒有機會考慮過……？」他讓聲音漸漸減弱。

指揮官點頭如搗蒜，「大人，如你所建議的，我一直在思考城市的安全，希望我們將永保安康，不過萬一出現嚴重威脅，侍奉七靈神將是我的責任——」他停頓了一下，意味深長地看著首輔，「無論上刀山下油鍋我都願意。」

「好極了，」首輔說，「真是好極了！那麼你的同僚們……嗯……都和你一樣對七靈神如此忠誠嗎？」

「有一些，大人。我隱約探過口風了，我會呈上一列名單給你。」

「好極了！」首輔又說了一次。他把劍橫放在桌上，然後回位子坐下，滿是好奇地看著指揮官，眼神就像貓咪看著爪中的老鼠，「當然了，若是威脅真的出現了，這座城市需要一位有力的領袖……」

「就像你一樣。」指揮官迅速地說。

「你太客氣了。」首輔打開辦公桌內建的酒櫃，目光閃過藏在裡頭的藍色小冊子，「要不要來一杯梅恩城最棒的紅酒，舉杯敬祝七靈神？」他低聲說。

指揮官點點頭，自動在一張訪客椅坐下。他摘下帽子，用袖子擦了擦額頭。

首輔替指揮官斟酒以掩飾他的輕蔑。這群國民兵真是可悲，他們當中沒有人真正殺過人，不過等到他找到某樣更好的東西，他們就有可能大開殺戒了。這個日子已不遠矣……

15 間諜

第二天早上，丹先生帶歌蒂來到一個叫做仕女之哩的長型陽台。陽台下方是一間寬敞的大廳，掛滿破布條和舊掛毯。陽台旁邊的石牆上長了一塊塊苔蘚，石縫中還冒出許多小白花。歌蒂從欄杆處往下看，可以看見許多桌子，和瞬變後冒煙的椅子，彷彿一群人才剛離開似的。

「該是妳學習第一首歌的時候了，小姑娘。」丹先生說，「博物館動盪不安時，我們會唱這首歌讓博物館平靜。我先前無法提早把這首歌教給妳，因為妳必須擁有力量才能唱出第一首歌，無論是體力或是心靈的力量——」

他赫然住口，頭一歪，像是聽見了某個出乎意料的聲音。

歌蒂仔細聽著。遠處傳來砰砰的撞擊聲，聲音非常微弱，她還以為是自己的幻覺，但是當她望向丹先生，他正擔憂地回望她。

「不對勁，」他喃喃地說，「實在太不對勁了！我最好過去看看。」

歌蒂不確定老人會去多久，於是便在原地等了一會兒，然而她漸漸等得不耐煩了，便動身回到廚房。令她驚訝的是，阿沫正在那裡等她，一臉激動。

「神聖護法回來了！」歌蒂一走進門口，他便說道，「他們正在前廳！還帶了幾個護法練習生！」

歌蒂心一沉，「我以為他們放棄了，為什麼還在找我？」

「根據霍普護法的說詞，他們並不是要找妳。」西紐說，替歌蒂拉出一張椅子，「她說他們正在進行一項調查，歷史調查，舊油畫什麼的。」

歐嘉．西亞佛嘉嘲諷地說，「他們以為我們會相信這些廢話嗎？」

「我想他們不在乎我們信或不信。」西紐說。

「那麼他們真正的目的是什麼？」歐嘉．西亞佛嘉說。

「我不知道，他們也許在找歌蒂，也許在找別的東西。」

「我們可以去看看，」阿沫指了指歌蒂說，「我和她，我們可以去監視他們。」

歌蒂盯著他，一臉震驚。幸好令她放心的是，西紐搖搖頭說，「不行。」

「別這樣，西紐，」阿沫懇求道，「我以前監視過前廳的人，他們不會發現我們的，而且我們也許可以找出他們在打什麼主意。」

「我說了，不行！」

阿沫失望地嘆了一聲，「虧你老是不停抱怨那些過分保護孩子的大人。」

歐嘉．西亞佛嘉若有所思地說，「這也許不是個壞主意。」

「太好了！」阿沫說。

不！歌蒂心想。

「我不認為——」西紐開始說教。

「這麼多年來，神聖護法第一次對我們產生興趣，」歐嘉．西亞佛嘉插嘴道，「為什麼？是不是與歌蒂有關？或者與即將來臨的麻煩有關？他們是否發現了博物館不可告人的秘密？我們必須找出這些問題的答案。」

「可是——」

「西紐，我知道你擔心孩子們的安全，我也一樣。但是阿沫說得對，他以前經常監視別人，而且從未被發現。」

「可是歌蒂——」

「她來到這裡之後已經學了不少東西。況且她不一定得去，沒有人會逼她，全由她自己決定。」

當然，這絕非她自己一個人可以決定的，尤其當阿沫坐在那兒賊笑，一副知道歌蒂有多害怕再見到霍普護法的模樣；歐嘉．西亞佛嘉也是，總是眼巴巴地盼望她能做出明智決定。但是她來到這裡之前，這輩子根本沒做過任何決定。

甚至是西紐擔憂的表情都讓歌蒂想起爸爸，她的胃因想家而糾結不已。她知道自己如果在這裡多待一分鐘，一定會像個嬰兒一樣嚎啕大哭，想停也停不下來。

她立刻起身，「我要去。」她說。光是阿沫臉上的驚訝表情就讓這個決定值回票價了。

「你們，」霍普護法說，「是下級護法，而我是你們的上級護法。」

從神聖護法學院來的兩位練習生張目結舌地看著她。兩人已經向霍普報上姓名，但她早已忘光光，就連兩人的面孔也同樣模糊，重要的是他們隸屬於她。

好吧，職務上隸屬於她和康佛，但實際上是她的。

距離上次霍普對首輔回報博物館狀況和那些令人昏頭的房間到現在，似乎過了好長一段時間。報告最後她拿出一塊碎絲帶，並要求把西紐押進懺悔之家——然後嗯哼——逼他說出羅絲家的女孩在哪裡。

然而，首輔卻下令叫霍普和康佛退出博物館。這幾個禮拜，霍普一直忍著怒氣，一想到這段時日女孩始終待在那兒，就藏在博物館的某個地方（無疑在嘲笑她、藐視她），她內心的怒火像是要一觸即發，思緒也混亂不清。

但今早與首輔的會面讓她重拾信心，她與首輔的計畫終究沒有太大衝突，如果奉首輔的命令去做，她應該很快就能找到女孩……

經過一番努力，她才把思緒拉回下級護法身上。康佛正遞給他們一大疊白紙、一支筆和一把尺，「我想你們已經清楚自己的任務了。」

兩位練習生持續像笨蛋一樣目光呆滯。

「喔，看在大木神的份上，」霍普厲聲說，「快幹活兒去吧！」

想當然耳，他們一點效率都沒有，使用量尺既笨拙又緩慢，害霍普不得不對他們咆哮好幾次。不過到最後，他們終於測量出博物館大門的寬度、大門到石頭拱門的距離，以及拱門的長跟寬。他們把數據寫在一張白紙上，畫上長條圖，然後進入第一間展覽館，把同樣事情又做了一遍。

一直到了第三間展覽館，麻煩才終於開始。他們其中一人率先前去進行初步檢測，卻迷路超過一個小時，另一人測量數據時出了錯，每次測出的數據總是大相逕庭。若不是為了首輔（以及藏在某處、自以為安全的女孩），霍普早就沮喪地雙手一攤回家去了。

然後他們又弄丟了那張紙……

阿沫平躺在破櫥櫃後方，歌蒂則蜷縮在旁，全身緊繃。

她不確定他們是怎麼來到這裡的。她盲目地跟隨阿沫走出員工專用門來到前廳，試著不去想他們的目的地。她似乎已經把學過的課程忘得一乾二淨。她一度撞上桌子，於是阿沫轉身對她皺眉。她向他吐了吐舌頭，心情感到些許好轉。

櫥櫃位在房間角落，左右兩側有許多展示箱和桌子。阿沫把她拉到櫥櫃後面，壓低她的身子，接著躺在她旁邊一起等待。

當歌蒂聽見霍普護法的聲音，她簡直要跳了起來，沿著原路跑回去。她的手腕在燃燒，彷彿隨時可以將一條銀色手銬折斷。

「……都是笨蛋，」霍普護法一邊說，一邊走進房間，「聽見我說的話嗎？你們兩個笨透了！你們難道非得像個手無縛雞之力的孩子？連這麼簡單的工作都做不好？如果連測量方式都不對，得到的數據怎麼可能正確？」

「素質越來越差了，夥伴。」康佛護法悲哀地說，「我們當初受訓的時候可不是他們這副模樣。」

「尊重點，夥伴。」霍普護法厲聲說，「這和素質無關，只是基本常識罷了！東量量西測測，到這兒來到那兒去，能有多困難？但是這兩個笨蛋做得到嗎？不，他們做不到！」

櫥櫃後方有一處裂縫，歌蒂把眼睛湊上去，歪斜的房間映入眼簾。是康佛護法！霍普護法！還有練習生，兩個年輕男子。他們腰間的黃銅懲罰鏈就像他們的臉龐一般閃亮。

「我……我很抱歉，夥伴大人，」其中一位練習生吸了一大口氣，「我們會做得更好！是吧，夥伴？」

「是的。」他朋友含糊地說。

「哼，」霍普護法不滿地哼了一聲，「那麼就快點去幹活兒。這是你們最後一次機會，小心點！再搞砸一次包準你們後悔。」

歌蒂看見那兩個年輕人攤開一張很大的紙，小心翼翼地放在其中一個展示箱上，並用石頭壓住四個角落。他們從袍子的摺痕處拿出一把尺和一支筆，開始測量從房間門口到第一個角落的距離。

歌蒂感到一陣興奮，學過的本領現在已經漸漸從記憶浮現，她預見了她該做的事情。如果我沿著牆壁往那邊潛過去的話……

阿沫拍拍她的手臂。我過去看看紙上寫些什麼，他打著手語。在這裡等著，別動，別做任何蠢事。

歌蒂的手指火速比劃著，不！讓我去！你等著！就在阿沫來不及阻止以前，她立刻站起來溜了出去。

她藏在桌子和展示箱後方，一邊沿著牆壁悄悄地走，一邊可以感覺到阿沫的目光，但她沒有回頭，她專心想著西紐教過她的偽裝術……

其中一張桌子的桌腳燒焦了，她輕輕抹了抹桌腳，塗了一些木炭在皮膚上，於是臉頰、手臂便和陰影、破木融為一體。她的心在胸口猛烈地跳動。

她似乎沒花什麼時間就抵達目的地。展示箱越來越近，她的手悄悄往上爬，移開了那些石頭。無聲無息間，那張紙從展示箱滑落，歌蒂趁它掉落地面以前一把抓住。

「兩次測出的數據都一樣？」霍普護法語帶嘲諷地說，「正確嗎？」

「我……我想是的，夥伴大人。」其中一位練習生說。

「那麼快點記下來，笨蛋，趁還沒改變以前。」

「是，是，當然！」

歌蒂正好及時溜走。藏在陰影下的她聽見年輕人的聲調一變，「嗯……夥伴大人，那張紙——」

「沒錯，笨蛋，記在紙上，不然要記在哪兒？」

練習生彎下腰，看了看展示箱下方的地板，「紙不見了！」

霍普護法大聲嘆氣，「別胡說八道了！你只是放到別處去了。」

趁著年輕人離開展示箱，拍打袍子口袋時，歌蒂快速掃瞄紙張。她花了一會兒的工夫才理解紙上所有的線條和數字，有些線條已經刪掉重劃，但她還是可以看到舊線條的痕跡。

接著，整張紙突然間一目了然，她明白這是什麼東西了。

她聽見霍普護法誇張地抱怨，「看在黑牛神的份上，難道什麼事情我都得自己來嗎？」

歌蒂全身起了雞皮疙瘩。當霍普護法憤怒的腳步聲朝她闊步接近時，她趕緊爬到陰影邊緣，把紙張拋向空中，接著立刻動也不敢動，試圖施展虛無術。

她從來沒有完全成功施展過，但已經沒時間練習了。她放慢呼吸，淨空思緒——『試著』淨空思緒。霍普護法的腳步越來越接近，歌蒂的手腕熊熊燃燒，她幾乎可以感覺到懲罰鏈把她向下拖的重量。她不害怕，她不怕……

別想要逃避恐懼，聲音低語，妳得禮貌地歡迎它，就像不請自來的表妹。

她吞了口口水。哈囉，恐懼！你哪兒都不會去，對吧？那麼留下來吧，但讓我去做該做的事！

她再次放慢呼吸，腦袋似乎叮的一聲開竅了，西紐的指導突然有了意義。

我什麼都不是，我只是房間角落的一片影子。

她的思緒如塵埃般飄走。她可以感覺到阿沫躲在櫥櫃後方，屏氣凝神；她可以感覺到兩位練習生瘋狂搜尋他們的口袋，以及霍普護法逐漸攀升的沮喪感。

一切似乎都不重要。

霍普護法望向展示箱的一角。

我什麼都不是，我是一片影子……

「和我想的一樣，」霍普護法說，「它一直在這裡，只是需要有點常識的人去找罷了。」

她的眼睛輕輕掃過歌蒂，彷彿沒人在那兒，接著她伸手撿起那張紙。

「他們想要做一張博物館的平面圖。」歌蒂說。

西紐揚起眉毛。「就這樣而已嗎？」

回想方才做過的事，歌蒂的心依舊不停地劇烈跳動。她會使用虛無術了！她監視神聖護法，而且成功逃脫！首輔說得對，她的確很叛逆！但她不在乎！

「他們有看見妳，還是對任何事產生懷疑嗎？」歐嘉．西亞佛嘉說。

阿沫嗤之以鼻地說，「差一點。」

「不，他們才沒有！」歌蒂說。

「很好。不過那張平面圖就不太好了。我們得告訴丹，聽聽他的想法。他人呢？」

「他去查看一些事，」歌蒂說，「就在我們去仕女之哩的時候。」

「他有說查看什麼嗎？」

歌蒂搖搖頭，「他聽見一記聲響，我不知道是什麼。」

「沒關係，」西紐說，「我想他馬上就會回來了，到時候再告訴他，然後再想想該怎麼做。」

然而丹先生並沒有馬上回來。他們等了他一整天，一直等到深夜，卻完全沒有他的下落。

16 第一首歌

今天本來是霍普護法的休假日，她卻無法休息。昨天她指派她的笨蛋助理去製作一張平面圖不下數十次，他們卻次次失敗。

剛開始她以為失敗是由於他們的愚蠢所致。她用量尺戳著他們的肋骨，對他們大聲咆哮，直到喉嚨痛才停止。

但結果還是一樣。漸漸地，她恍然大悟，也許這並不是下級護法的問題，而是建築物本身的問題。這裡肯定暗藏玄機，暗藏著難以言喻的玄機……

但是再多的發霉青石也別想愚弄神聖護法霍普！首輔託付她任務，她一定會設法達成，此外還要找出羅絲家的那個小頑童。

她大步走下博物館前廳的樓梯，然後匆匆趕到大廳。康佛和兩位下級護法正在那兒等她。她謹慎看著辦公室的門，裡頭空無一人，很好，她不想那些管理員插手她的計畫。

她從口袋拿出一團線，把線的一端塞給年輕人。「拿著，」她叫道，「千萬別鬆手！」然後她急忙穿越一間又一間展覽館，邊走邊拉線。

「我們必須捫心自問，夥伴，」康佛大步走在她身邊說，「一個平凡無奇的線團是否真的有辦法減輕我們的搜查任務。畢竟一團線並不能引領我們，是吧？它無法像個孩子一樣，搶在前方帶我們去天堂樂土。」

他哈哈大笑，顯然十分滿意自己成了兩人中比較機智聰明的那個。在此同時，霍普手中的線突然猛地扯了一下，像是有人在用力拉扯。她壓低嗓子咒罵助理，接著大聲說，「夥伴，線團的功能是確保我們不會兜圈子，這麼一來……」

她在一扇門前停下腳步。她確定他們沒有偏離路線，也絕對沒有往回走，線卻跑到他們前方。

「現在，」她滿意地說，「我們知道我們必須走別條路，一條沒到過的路。有了平凡無奇的線團，我們就能夠探索這棟該死博物館的每個角落，無論裡頭藏了什麼玄機。」

當然，這仍不簡單，房間越來越令人糊塗。霍普帶路走過一個個房間，要去哪裡卻絲毫沒有頭緒。線圈又拉扯了好幾次，力量大到讓她差點弄丟手中的線，而且她不止一次發現，他們總在不知不覺間又繞回原路。

但是她始終保持鎮定，最後終於有所斬獲。他們轉了個彎，映入眼簾的是一扇她從未看過的門，門上褪色的字跡寫著員工專用。

她頓了頓，露出滿意的微笑。康佛伸手碰觸門把——

「不！」霍普嘶聲說。她把手指放在唇邊，耳朵緊貼著門，透過木門她隱約聽見一男一女的聲音。

「丹先生還是沒有回來。」男孩說。

「你覺得他會不會出事了？」女孩說。

霍普倒抽一口氣，「是羅絲家的小頑童！」她不作聲地說，「快聽！」

「歐嘉．西亞佛嘉認為，這種時候他不會一聲不響地離開，」男孩說，「至少不會自願離開。她和西紐已經動身去找他，我還得教妳唱第一首歌。無論是什麼問題，總之情況又變得更糟了。」

「什麼問題？」康佛做出嘴型，「他在說什麼？」

「我知道，我也感覺到了。」女孩說，「今天房間瞬變了三次。」

「昨晚瞬變了五次，大規模的瞬變。」

霍普的嘴巴張得老大。她把康佛拉離門口，「有可能嗎？」她小聲地說，「房間會動？」

「我從來沒聽過這種事。」康佛懷疑地搖搖頭。

「這也許可以解釋我們一直迷路的原因，還有那兩個白癡老是畫不出一張正確的平面圖。喔，首輔大人一定得聽聽這個！」

霍普躡手躡腳回到門邊，如死屍般無聲無息，但是當她再次把耳朵貼上，卻只聽見逐漸走遠的腳步聲。

「快！」她對康佛小聲說，「我們得跟蹤他們！」

她拉了拉門把，門卻鎖上了。她聳聳肩，這樣也好，線團幾乎用罄，如果找不到回來的路，繼續向前走也毫無益處。

她一邊沿著原路往回走，一邊回收線團。「那絕對是羅絲家的女孩，」她說，「我們現在可逮到她了，不是嗎？」

「可是那個男孩，他是誰？」康佛說。

「一件件慢慢來，夥伴。我們必須先想想該如何對付那些會動的房間，完成首輔大人的指示，再調查那男孩的消息。」霍普得意地傻笑，「然後我們就可以凱旋歸去，讓那兩個小頑童知道，在璀璨城裡不乖的孩子會有什麼下場……」

「博物館，」阿沫說，「就像暴風犬一樣。有時會低沉怒吼，有時則興奮搖晃。」

兩個孩子站在仕女之哩中央。雖然不見摩根的蹤影，但布魯早就在這裡等待他們的到來。他看見歌蒂時，不停搖著白色小尾巴，並在她身旁蹦蹦跳跳。

「如果把手放在牆上，」阿沫說，「妳可以感覺到博物館的脾氣，但是別想控制它或限制它，這是博物館最痛恨的感覺。」

歌蒂頓了頓，想起第一次嘗試的回憶，然後慢慢地把手放到牆上。

她全神貫注，避免再次把手抽開。狂野的音樂似乎從炎熱的地心膨脹上升，一口氣灌入她的體內。她的骨頭格格作響，感到一陣天翻地覆，讓她想哭想叫又想抗拒，等她終於把手放開時，全身不停發抖。

阿沫神情怪異地看著她。「我第一次嘗試的時候，」他喃喃地說，「整個人跌得四腳朝天。

博物館現在的情況應該比那時還要糟糕……」他迅速轉回牆壁，彷彿說了不該說的話。

「妳必須安撫它，」他說，「就像妳安撫布魯一樣。」他摸了摸石牆，像是在撫慰一隻動物。「接著妳唱，像這樣，吼喔喔——喔，嗯嗯喔喔喔——喔喔。如果唱得正確，妳得以讓博物館跟妳一起合唱，這樣可以使它平靜一陣子。吼喔喔——喔，嗯嗯喔喔喔——喔喔。」

他的聲音忽高忽低，讓歌蒂脖子上的寒毛直豎。

「這是丹先生的歌。」她說。

阿沫點點頭，「丹先生認為這是自古開天闢地以來的第一首歌，甚至在人類出現以前便存在了，他相信世界上其他歌曲都是由這首歌衍生出來的。嗯嗯嗯喔——喔喔——喔，嗯喔——喔——喔嗯喔——喔。」

歌蒂把手放回牆上，狂野音樂澎湃湧入體內，但這次有些不同，音樂似乎開始模仿阿沫的音調，一同合奏起來，像個把玩具拋到空中的巨人一樣。巨人對玩具感到滿意，越拋越欲罷不能，博物館也是如此，狂野音樂似乎相當滿意阿沫的歌，音樂逐漸變換、安定下來，不久後，博物館和男孩幾乎唱著同樣的音調。

「吼喔喔——喔，嗯嗯喔喔喔——喔喔，」博物館唱著，「嗯喔——喔——喔嗯嗯嗯喔——喔。」

音樂依然震耳欲聾，三不五時還會傳出近乎破音邊緣的音調，但是不再讓歌蒂想要哭叫和抗拒。

她溫柔地撫摸牆壁。「嗯喔——喔。」她唱著，努力想要跟上這忽高忽低的怪聲音。在這氣勢磅礴、從地底深處轟隆竄上的音樂旁邊，她的聲音顯得微弱又可笑。她停下來，好奇丹先生現在身在何方，並祈禱壞事不要降臨在他身上。

阿沫輕輕撞了撞她的手肘，「繼續。」

「嗯嗯，嗯嗯喔——」她又試了一遍，卻還是沒有用。

布魯頭一歪，抬頭望著她。他看起來又小又無辜，歌蒂心想，但在表象底下，他卻比任何人想像的還要巨大、還要狂野，這棟博物館也一樣。

她的腦中突然閃過了某個回憶。剎那間，她彷彿回到了舊城區，手上銬著懲罰鏈並渴望著自由——接著，她突然了解到，在表象底下比任何人想像的還要巨大、狂野的，不只是小狗和博物館而已……

她把手放回牆上，深吸一口氣。「吼喔喔——喔，」她唱，把這輩子感受到的好奇、渴望和沮喪一併發洩到歌聲裡，「嗯嗯喔喔喔——喔喔。」

博物館似乎靜下來聆聽，接著突然間，學起了她的音調！博物館把音符拋到空中，與自身的音樂交織在一起！阿沫讚許地露齒微笑，「繼續！」

於是歌蒂一邊安撫一邊歌唱，布魯在她腳邊蹦蹦跳跳，吠著相同的怪異曲調。音樂在她心中壯大，不久後她感覺到全身每一吋都充滿能量。

這次當她放手，她感到巨大無比，如博物館般高聳，如天空般寬闊。所有的事物，如掛毯、苔癬、小白花，在她眼中都明亮起來，實在難以想像麻煩正一步步逼近。

「我希望——喔，我真希望爸媽能過來住在這裡。」她說。

阿沫忽然沉下臉，從口袋拿出一枚硬幣，在手指間把玩起來，一會兒把硬幣變不見，一會兒又把它變出來。「他們被關起來了。」他說，眼睛盯著那枚硬幣。

「你不必提醒我——」

「妳早該知道他們會發生什麼事，妳早該想到他們會被關進懺悔之家。」男孩語氣裡舊有的苛薄又回來了，「妳怎麼能就這樣跑走，留下他們任憑神聖護法擺佈？」

歌蒂開口想要反駁，又咬住嘴唇。她有種奇怪的感覺，彷彿阿沫並不是真的在對她說話。

「妳有任何兄弟姊妹嗎？」他問道，始終盯著那枚硬幣。

「沒有。」歌蒂好奇地看著他說，「你呢？」

「如果妳有，例如說……一個妹妹，妳會擔心她的安危嗎？」

「我想會的。」

兩人陷入一片沉默，不久後歌蒂率先開口，「我以前見過你，對不對？在舊城區？」

阿沫點點頭，「我去年逃跑了。」

「不會吧！」歌蒂瞪大眼睛看著他，「我怎麼沒聽說！大家知道了一定會不停討論才對。」

阿沫帶點憤怒地大笑，「神聖護法跟鄰居說我們搬去勞郡了，他們不想讓其他孩子有樣學樣。」

「那麼你的父母呢？」

「妳認為呢？」

「懺悔之家？」

阿沫輕輕點個頭，「還有我妹妹，在看管中心裡——」

他突然停頓。歌蒂聽見遠處傳來一記微弱的砰砰聲。「那是什麼？」她說。

「是槍聲！從陰險門傳來的！快！」

阿沫把硬幣塞進口袋，再次把手放在牆上唱歌。歌蒂如法炮製。

狂野的音樂又回來了，陣陣湧入她的手心。一開始歌聲似乎並不管用，兩人的聲音在強大的音浪中無助漂流。就在這時，歌蒂聽見博物館深處的某個地方，傳來第三個聲音，加入了他們的行列。這次不是人聲，而是豎琴聲。是西紐，正全心全意地彈奏著。

有那麼一會兒，並無任何變化。接著慢慢地，狂野音樂和他們的歌聲交織在一起，直到再次平靜。

歌蒂把手拿開。「那個砰砰聲。」她說。

「妳是說槍聲？」

「沒錯。我想那就是丹先生所聽到的，就在他離開以前。」

「什麼？」阿沫驚恐地看著她，「他一定是進入陰險門了！快走！」

不等歌蒂跟上，他開始沿著仕女之哩跑了出去。

17 陰險門

陰險門位於博物館深處，歌蒂以前從未到過這裡。門是鐵製的，但並非一整塊鐵板，而是用一根根鐵管焊接起來的，像個巨大蜂巢。大門因生鏽而發黑，完美地安在牆內，上下找不著一絲空隙。大門右手邊有一個巨大的鑰匙孔。

摩根站在其中一根鐵管上，一見到兩人，立刻驚慌拍動翅膀。「戰——爭——」她嘎嘎叫道，「戰——爭——」

歌蒂背脊一陣發涼，「她是什麼意思？她為什麼這麼說？」

「她指的是陰險門那一邊保存的東西，」阿沫嚴肅地說，「有戰爭館、瘟疫館、饑荒館等所有鄧特早期爆發的駭人事件。這些東西現在仍待在博物館裡，大部分時間平安無事，但一定是有什麼東西跑來攪局，妳也聽見那些槍聲了，我們得去看看。」

歌蒂小心翼翼地走向大門，從蜂窩般的洞孔往裡看，有些洞孔甚至大得可以鑽進去。起初她只看見許多長長的草，然而阿沫指向遠方左側的一道白色亮光。

「看見那些帳篷了嗎？那是軍營。」他說，「那是戰爭館的第一間。」

「他們在和誰打仗？」

「隨便，任何人都有可能，我不知道。就只是——不斷的戰爭。」

歌蒂看見帳篷附近有些動靜，趕緊向後退一步，「他們不會發現我們嗎？難道他們不會想衝破這扇大門嗎？或是射殺我們之類的？」

阿沫搖搖頭，「只要大門關著，他們就看不見外面，也無法闖出來。」

他一邊說，一邊從口袋拿出瑞士刀和一根鐵絲。他先把刀尖插入鑰匙孔，再把鐵絲插入刀尖上方，開始小心地前後轉動。布魯在旁輕聲嗥叫。

「你在做什麼？」歌蒂說。

阿沫臉色蒼白，但仍緊咬著牙。「丹先生昨晚早該回來了，」他緩緩地說，專心地解鎖，「我猜他聽見了槍聲，跑來這裡看看發生什麼事，結果被士兵抓走了。他們可能以為他是間諜，我要去看看他們是否抓走他，如果是的話，我要去把他救回來。」

「我們不是應該先去找歐嘉．西亞佛嘉嗎？或是西紐？」

「沒有時間了，他們隨時可能把丹先生給殺了。」

「他們也許早就把他殺死了！」

「如果是這樣的話，我們會知道的——成功！」阿沫說。鑰匙孔發出一聲響亮的卡嗒，門應聲打開。阿沫把刀子和鐵絲放回口袋，「妳來嗎？」

仔細想想，歌蒂腦中聲音低語，奔赴險境之前仔細地想想。

但是歌蒂不願意仔細想想，尤其知道丹先生可能隨時會被槍殺。「當然，我要去！」她說。

陰險門非常沉重，兩個孩子幾乎無法搬動。他們拉出一條縫隙，寬度正好讓他們能夠擠進去。

「來吧，布魯。」阿沫說，「我們不能讓大門敞開太久。」

布魯一動也不動，站在大門的另一邊，背上每根白色細毛都豎立起來。

「再不來我們就走囉。」阿沫說。

小狗始終動也不動。

「那你就待在這兒吧，」阿沫說，「我不在乎。」

兩個孩子把大門拉上，趴在長長的草堆裡。歌蒂的心跳得厲害，這種地方怎麼能稱之為房間？這裡怎麼可能存在於博物館內？她覺得自己好像來到截然不同的國家，她看不見天花板，只有遙遠的蒼天。在她頭上，十幾個黑色不明物體飄在空中，宛如一顆顆塵埃。

「看！」阿沫指著天空小聲地說，「是殺戮鳥！」

歌蒂聽見一記微弱的哭嚎聲，便轉過頭去。陰險門在草堆後方宛如一顆光點，她勉強可以辨認出其中一個蜂窩孔，布魯在孔中扭動。她希望布魯終究決定跟他們一起走，他卻只是躺在門邊，頭倚在手掌上。

「他不會進來的，」阿沫低聲說，「等他也是沒用。」

他抓起一把泥土，抹在自己的臉上和手臂上。歌蒂一邊抖著雙手，一邊跟著照做。

兩個孩子開始朝遠方的軍營匍匐前進。

他們尚未靠近那些帳篷，歌蒂就可以聞到菸味、汗水味、啤酒味、血腥味、糞便味，還有許多她說不上來的味道。

她厭惡地皺皺鼻子，從餘光看過去，阿沫擺出和她相同的表情，她心裡湧起一股想笑的衝動，膽子也因此大了一些。終於，他們來到軍營的邊界。她透過高草堆看出去，既好奇又害怕。

正前方的地面凌亂又泥濘，彷彿有隻飢餓的野獸在夜晚橫行霸道地走過。地上有許多簡陋帳篷和舊式馬車，看起來就像來自歷史書中的古物。此外，還有許多醜陋的黑色大砲懸掛在巨大輪子上，周圍則有許多公牛、母雞、山羊和豬在泥地上嗅來嗅去。

帳篷旁邊有用石頭堆成的火爐，每堆火爐上方都用鐵鉤懸掛了一只大鍋子，卻不見任何士兵的蹤影。除了動物慢吞吞的腳步聲，以及母雞的咕咕聲，軍營籠罩一片寂靜。

阿沫把手指放在嘴唇上，向後退了幾步。歌蒂一邊跟隨他，一邊想著那些鳥獸和空地，還有該如何穿越這片軍營。

「附近沒有馬匹，」阿沫低聲說，「他們現在想必是休戰之類的。如果幸運的話，我們可以在他們回來之前搜遍整座軍營。」

「我們必須小心點，」歌蒂低聲說，「他們可能留下幾個——」

她赫然住口，許多腳步聲正朝他們大步走來。

「——站崗士兵！」她嘶聲說。

她趕緊在高草堆中躺平，阿沫也跟著趴下。腳步聲猛地朝他們逼近，踏在空地上聽起來沉重又野蠻。左腳、右腳、左腳、右腳、左腳、右腳，是兩個男子，兩人聽來都極度危險。歌蒂把臉貼緊地面，試著克制發顫的身體。

左腳、右腳、左腳、右腳、左腳、右腳。腳步行進至他們的藏身處，草堆在顫動，歌蒂心跳加速。

左腳、右腳、左腳、右腳、左腳、右腳。有那麼一會兒，站崗士兵彷彿就要越過他們身上，還好只是擦身而過，沿著軍營邊界的草地繼續前進。

他們離開以後，歌蒂仍舊在地上躺了好一會兒。她有隻腳抽筋了，以為自己再也動不了。不過當阿沫起身，彎腰穿過空地，躲入第一輛馬車時，她也還是跟了上去。

溜進幾近廢棄的軍營是種非常奇怪的感覺。火堆冒出一叢叢的煙，儼然不久前剛剛撲滅，蒼蠅繞著鍋子嗡嗡飛叫。歌蒂和阿沫經過牛群時，牛兒一邊跺腳一邊搖頭晃腦。

他們悄悄走過一輛又一輛馬車。歌蒂一想到站崗士兵隨時可能回頭，她就全身疼痛。她試著告訴自己這場戰爭已經是好幾百年以前的事，現在早就結束，不會傷害到她，但是周圍的帳篷卻是她所見過最真實的場景。蒼蠅停在她的臉上和手臂上，雙腳濺起一團團泥巴，上空的殺戮鳥來回盤旋，跳起死亡之舞。

許多帳篷布帷外掀，兩個孩子立刻可以看見裡面空無一人。但是當他們越來越接近軍營中心，卻有越來越多的布帷低垂著。他們不敢打開，擔心裡頭有人，於是湊近布帷偷聽，卻什麼也沒聽見。

他們偷偷向前走。火辣辣的太陽直曬頭頂，蚊蟲肆虐環繞，他們兩手一揮，繼續前進。兩人一度聽見站崗士兵從遠處傳來的沉重步伐，便趕緊躲進最近的馬車後方，直到聲音遠去。他們接著重新爬了出來，拍拍衣袖——繼續前進。

歌蒂的耳朵又貼上另一座帳篷，就在這時她聽見了，布帷的另一邊，一個男子正在安靜地唱歌，「吼喔喔——喔，嗯嗯喔喔喔——喔喔。」

「丹先生？」她嘶聲道。

歌聲停了下來。「歌蒂？是妳嗎？」

「是我，還有阿沫。」

「你們來這裡做什麼？」

「我們來救你的！」歌蒂小聲說。

她拚命對阿沫揮手，阿沫急忙趕來。他聽見丹先生的聲音時，雙眼緊閉了好一會兒。他吞了一口口水，彷彿有東西卡住喉嚨似的。

「我把腿摔斷了。」丹先生輕聲說，「他們甚至不必派守衛看住我，他們知道我哪裡都去不了。」

「可是——」

「你們得趕緊回去，這裡太危險了。」

「我們會回去的，」阿沫說，「而且我們還要帶你一起回去。」他拿出小刀，來回劃著帳篷上的皮帶。

「阿沫，聽我說。」丹先生激動地說，「你回去告訴歐嘉・西亞佛嘉，就說戰爭館開始行動了。」

「我們知道，我們聽見槍聲了。」歌蒂說。

「我猜那個麻煩已經放棄等待，」丹先生說，「現在正排山倒海地向我們全速前進，你們必須查出為什麼。什麼事改變了？哪裡不一樣了？是什麼東西如此擾亂著博物館？」

「有可能是神聖護法。」歌蒂說。

「他們幹了什麼好事？」老人聲音嚴厲。

「他們想要畫出一張平面圖。」

布帷另一邊傳來怒氣沖沖的聲音，「不！博物館絕對不會允許的！難怪戰爭館又開戰起來！那些護法一定要趕快停止！告訴西紐去找守護者——」

他突然住口，歌蒂聽見沉重的步伐聲。

「走！」丹先生斷聲道，「快走！」

這次孩子們聽話了，阿沫立刻收起小刀，與歌蒂一起拔腿就跑。他們低頭安靜地跑，在帳篷和馬車之間穿梭，盡量躲在掩蔽物之間，並小心翼翼不讓自己摔跤。

身旁傳來叫嚷聲。他們毫不回頭，加快腳步地跑，不去理會那股噪音。歌蒂腳步沉重地在泥濘中奔跑，心害怕地怦怦跳。現在兩人幾乎要抵達軍營邊界，如果成功跑進高草堆中，他們就可以消失在——

「嘿！尼們給我蛋住！」

歌蒂突然止步，差點摔得四腳朝天。一名士兵從其中一輛馬車後方出現，朝他們直直走來。他的打扮宛如古人，穿著鬆垮的及膝短褲和長襪，以及一件深灰色長袖外套。他的舊式步槍正指著阿沫的腦袋。

第二名士兵從兩人後方跳出來。他有雙堅定的藍眼睛，直盯著兩個孩子，「兩個小尖諜，是吧？」他說。

他的口音相當重，歌蒂花了點時間才理解他說的話。她知道他誤以為兩人是間諜時，心整個糾結在一塊。

「誰排尼們來的？」第一名士兵用步槍戳著阿沫的頭說，「尼們和那個老尖諜是一夥的嗎？那個老人？」

阿沫相當害怕，卻一句話也不說。士兵靠近他們，眨了眨眼，一副準備透露一個天大秘密的模樣。他的臉蛋骯髒，皮膚紅腫脫皮，身上充滿香菸和汗水的臭味。

「我們很快就要槍決那個老人，」他說，「但是我認威我們登不了那麼久。我們現在就應該把尼們解決掉。」

他沒有說謊，歌蒂可以從他的聲音聽出來，也可以從他的表情看出來。這個男子絲毫不在乎人命，此時此刻他們就要被殺掉了，除非她能找到方法阻止他……

他把槍管轉向歌蒂。「從誰險開始呢？」他說，「是小女台——」槍管轉回阿沫，「還是這個小男台？」

歌蒂抖得非常厲害，覺得自己都快散成碎片了，但是同時她也飛快地思考著。這些士兵大半輩子都在打仗，他們有多麼了解小孩呢？大概不多，那麼如果她裝得年輕一點，笨一點……

士兵低頭瞄準槍靶。

歌蒂咯咯傻笑起來。

兩名士兵和阿沫都驚訝地看著她。她又咯咯笑了起來，盡可能讓自己聽起來越笨越好。

「喔，你們把我嚇了一跳。」她說，「這些步槍好大！好可怕！你們當軍人一定很勇敢喔，我真希望我是個軍人，阿沫你呢？你難道不想當軍人嗎？看他們多厲害？多嚇人？」

她牽住阿沫的手，像個小女孩般黏著他，手指在他皮膚上輕彈：冒充術。

阿沫克制住自己驚訝的大眼，接著咧嘴露出傻笑。「如果我是軍人，」他大聲地說，「我也很嚇人，我會行軍！」他擺動雙手，上上下下用力跺腳，「我會打仗！」他作勢用一把想像的槍瞄準歌蒂，「砰！」他大叫，「妳死了！」

其中一名士兵稍稍放低步槍大笑起來。「好孩子，尼射中了尼的妹妹，敬業的軍仍！」

第二名士兵依然狐疑地觀察他們。「尼們在幹什摸？」他咆哮道，「這裡是軍營，不是靴校的遊熱場。」

「我們的狗狗不見了，我們正在找他。」歌蒂抬頭對男子眨著大眼說，「你有看見他嗎？他小小的，白白的，而且很胖很胖，是不是啊，阿沬？」

「他是一隻圓滾滾的胖狗。」阿沬說。

「我們爸爸說他可以成為一頓豐盛的烤肉晚餐。」歌蒂說，「不過他只是在開玩笑，沒有人會傷害布魯，他是那麼嬌小可愛又無辜。」

士兵們相互對視，歌蒂幾乎可以看穿兩人心中的想法。小胖狗，烤肉佳餚小胖狗，嗯。

他們沒有多做考慮，「我們幫尼們找他，」第一名士兵說，「我們喜歡狗。」

「我們非常喜歡狗。」第二名士兵說。他舔舔嘴唇，兩人大笑起來。

「喔，謝謝你們！」歌蒂說，「我想他應該跑不遠，我們可以叫叫他，看他會不會出現。」

「尼們看著辦吧。」第二名士兵說，「等他出現後，我們會好好歡影他。」

歌蒂深吸一口氣，「布——魯！」她叫道，「你在哪裡？」

「布魯，你這個調皮的孩子！」阿沬大叫，「快給我過來！」

「快來把我們從可怕的士兵手中救走！」歌蒂咯咯笑道。

士兵們邪惡大笑。第一名士兵拔出鞘套的匕首，用拇指劃過刀鋒邊緣，「小狗，」他大吼，「快果來這裡！我們有好東西要給尼！」

歌蒂看見草堆動了一下。她覺得手臂像鉛塊一樣沉重，還是用盡力氣舉了起來，往錯誤的方向指去。

「喔，快看！」她說，「他在那裡。」

兩名士兵轉身，大笑著——

突然一陣瘋狂的怒吼聲，布魯從後方草堆衝了出來。他如夜幕般漆黑，如獅子般巨大，雙眼通紅，咬牙切齒。

士兵猛然轉身看見他。第一名士兵大聲咆哮，試圖拿起步槍瞄準，但布魯早已搶先一步撲向他，把他重重壓在地上，尖牙對準士兵的喉嚨。

第二名士兵跌坐在地，臉色發白。他向後退，兩手發抖，手指扣住扳機……

突然傳來一陣翅膀拍打聲，他的周圍霎時出現一隻黑色鳥兒和其殘酷的尖喙。

布魯抬起頭，口鼻周圍血跡斑斑。「快跑！」他嗥叫道。

歌蒂和阿沫一溜煙地跑走。

18 鐵鎚敲啊敲

「你們怎麼可以擅自走進陰險門裡！」

西紐本在辦公室不停地來回踱步，現在終於停下來，嚴厲地看著歌蒂和阿沫。「你們有可能會死的！而且不只是你們，布魯和摩根也可能會死。他們也是肉做的，你們知道嗎。你們實在不該去的！」

「他們當然不該去。」歐嘉．西亞佛嘉說，「他們膽識過人，最後表現得可圈可點，不過一開始幾乎沒有用上腦袋。」

歌蒂漲紅了臉。這是事實，她和阿沫能夠死裡逃生是運氣好，她倒有點希望歐嘉．西亞佛嘉能罵罵她，但老婦人只是輕描淡寫地說，「不該做的也都做了，我們現在只得決定下一步該怎麼辦？」

「丹……丹先生說西紐必須去找……找守護者。」歌蒂說。她和阿沫關上陰險門後，她到現在還是無法停止發抖。

「守護者必須阻止霍普護……護法和康……康佛護法製作平面圖……圖。」阿沫說，他也同樣抖得厲害。

西紐不耐地點點頭，「是，是，我們打從一開始就應該正視神聖護法。他們目前不在這裡，不過我相信不久後就會回來。我會去找守護者，但是丹怎麼辦？」

「還有布魯，」歌蒂說，「和摩根。你覺得他們會平安無事嗎？」

「但願如此，」西紐說，表情緩和下來，「大部分情況下他們都能好好照顧自己，希望我們可以盡快看見他們回到這裡。至於丹——」他摸摸臉頰，「或許我該想法子把他救出來。」

「經過剛剛發生的事，」歐嘉．西亞佛嘉說，「士兵們會加倍提防，而且丹的腿又斷了，能夠平安把他偷偷救出來的機會不大。」

「我沒有要救他，」西紐說，「我想的是把他買回來。」他伸進口袋，拿出一枚硬幣。「嗜血、貪財，那些士兵唯一在乎的就是這兩樣東西。我們不可能獻血，但是我們有足夠的金幣讓他們改變心意。傍晚前我就可以把丹平安帶回大家身邊。」

「我不這麼認為，」歐嘉．西亞佛嘉說，「你只會把事情弄得更複雜。」

「可是——」

「不行！」老婦人的臉色因擔心而發白，她舉起手，「我們應該照丹所說的去做。你去找守護者，請她阻止護法們的舉動，叫他們離開博物館。我想如果她願意這麼做的話，戰爭館想必會稍稍鎮定下來，丹就會安然無恙了。」

「如果守護者無法阻止他們怎麼辦？」歌蒂問道。

「那麼，」歐嘉．西亞佛嘉說，「我們就得自己出馬。」

西紐披上緊身衣，動身前往守護殿。阿沫回到後廳等待布魯和摩根。

歌蒂不想和他一起回去。「我可以和妳一起待在這裡嗎？」她問歐嘉．西亞佛嘉。

「好吧，」老婦人說，「但是妳一定要跟緊，如果護法回來了，妳得馬上躲起來。」

老婦人坐在書桌前，開始在一本大書上寫字。正午的陽光灑進辦公室窗戶，歌蒂靠著一面書架，把手伸進口袋裡直到摸到了她的羅盤。

她拿出羅盤，用手指撫摸著金屬外殼。難以想像自從她來到博物館之後，生活竟起了如此大的轉變，她長久渴望的自由現在終於得到了，雖然博物館暗藏許多危險，但她寧願接二連三地去面對，也不願再回到過去的日子。

她現在了解到恐懼有各種不同面貌。有些是可怕的恐懼，像是被步槍抵住頭，或是被油膩汙水捲進水底，這種恐懼一點都不舒服，它讓你心跳欲裂，讓你雙腳發軟，幾乎無法站立，讓你害怕得想吐。

但是還有另一種恐懼，恐懼永遠無法做自己，恐懼一輩子都得壓抑住真正的自我，像隻籠中鳥一樣。這種恐懼比任何士兵還要糟糕。

她把羅盤放回口袋，拿出藍色陶瓷胸針，輕撫著小鳥的翅膀。*我不是真正的自由*，她心想，*只要爸媽仍關在懺悔之家，就不算真正的自由……*

附近傳來踏在木板地的沉重腳步聲。歐嘉．西亞佛嘉丟下筆，「孩子，快！快躲起來！」

歌蒂爬到桌子底下，緊緊貼著木桌。辦公室外的腳步聲突然停了下來。

「護法們回來了，」歐嘉．西亞佛嘉低聲埋怨，「而且這次帶了更多同夥。」

「他們在做什麼？」歌蒂小聲地說。

「我不知道，不過他們帶了很多繩索和厚木板，情況不太樂觀。妳待在這裡，別出聲。」

歐嘉．西亞佛嘉急忙走出辦公室。歌蒂聽見她大聲說，「這是什麼意思？你們以為你們在做什麼？」

「我們在執行七靈神的任務。」歌蒂認出霍普護法的聲音，「所以妳最好給我讓開，夫人。」她提高音調，「下級護法注意！我希望這件事能速戰速決，你、你，還有你，負責拿鐵鎚。」

袍子沙沙的摩擦聲和腳步的拖曳聲開始不絕於耳。歌蒂貼近地面，往桌腳附近偷窺。她沒有看見歐嘉．西亞佛嘉，卻見走廊上到處都是年輕護法，他們正把一片片的厚木板直立擺放在牆面上，高度大約在腰間位置，每一片木板都與前一片相互重疊。

歌蒂聽見一聲怒吼，她看見歐嘉．西亞佛嘉大步走來，眼神燃燒怒火，「我不敢相信！你們竟然想讓房間停止移動！你們這些傻瓜，你們會把所有的人都害死！」

「我們只是遵照首輔的命令行事。」霍普護法說。

「該死的首輔！」歐嘉．西亞佛嘉說。所有護法驚訝地倒抽一口氣，但老婦人根本不予理會，「你們主人無權管理這裡，這棟博物館只對守護者負責！」

霍普護法同情地搖搖頭。「我的主人對七靈神負責，七靈神比俗世任何掌權者還要偉大。」

她招了招手，兩個年輕護法立刻趕到旁邊。「除掉這個絆腳石，」她厲聲說，「把她鎖進辦公室。」

歌蒂趕緊躲回桌子底下，她可以聽見歐嘉．西亞佛嘉在掙扎，接著大門砰地一聲關上，鑰匙鎖住了鎖孔。過了一會兒，敲擊聲響起。

第一擊落下時，歌蒂似乎感覺到博物館在憤怒地嘶吼，就像方才的歐嘉．西亞佛嘉一樣，只不過聲音要強上幾百萬倍。她屏氣凝神，等待未知的下一秒。

第二擊接著落下——然後是第三擊。

整棟博物館天搖地動。

「快！」歐嘉．西亞佛嘉低聲說，「幫幫我，孩子！」

歌蒂從桌底爬出來，把手放在牆上，狂野音樂在她四周震耳欲聾，她試著唱歌，但音樂淹沒了她的聲音。她大聲唱，不停地大聲唱，直到終於聽見自己的聲音。博物館深處的某個地方，阿沫的歌聲加入了她和歐嘉．西亞佛嘉。

不知道他能不能猜出敲擊聲是怎麼一回事，她心想，不知道布魯和摩根回來了沒，兩者是否安好——

一股急流漩渦向她沖來，現在已經沒有時間胡思亂想，狂野音樂從四面八方衝撞而來，她試圖用歌聲駕馭它，就像在汪洋大海中行駛小船一樣。她可以感覺自己一次又一次地旋轉、晃動，幾近沉沒。

有一度，歐嘉．西亞佛嘉和阿沫同時停下來換氣，音樂更是波濤洶湧，瀕臨前所未有的瘋狂。歌蒂靠著一絲聲線緊緊牽引，眼中再也看不見辦公室。此刻的她，除了那些低沉、駭人的音調以外，再也聽不見任何聲音。

就在她以為自己即將撐不住之際，歐嘉．西亞佛嘉的歌聲再次響起，歌蒂像看見救生圈似的趕緊抓住，接著阿沫的歌聲也回來了。雖不見蹤影，但他用盡全力地歌唱。漸漸地，狂野音樂與大家的歌聲交織在一起，鎮定下來。

歐嘉．西亞佛嘉把手放開牆面，額頭冒出一顆顆汗珠。「暫時控制住了，」她說，「但恐怕撐不了多久。」

門外的敲擊聲此起彼落，博物館痛苦地抽搐，就像個被沼澤蒼蠅折磨的巨人。

「他們感覺不到嗎？」歌蒂說，「難道他們聽不見那狂野的音樂？」

「顯然聽不見，」歐嘉．西亞佛嘉說，「不過就算他們聽見了，我擔心他們還是會繼續下去。這件事背後有股邪惡氣息。」

她從口袋拿出方巾，綁在脖子上，接著急忙繞到桌子後方，開始把抽屜一個一個拉開。

「如果先前戰爭館就已經開戰，」她說，「現在一定打得沸沸揚揚。西紐終究是對的，事不宜遲，我們必須趕快把丹救出來。」

她從每個抽屜掏出一把金幣，然後通通放進口袋。歌蒂看著那扇上鎖的門，「我們要怎麼逃出這裡？」

「哼！」歐嘉．西亞佛嘉說，「那些笨蛋對這個地方根本一無所知！」

她拍拍飽滿的口袋，大步走向房間角落，悶哼一聲跪坐下來。她拉起地毯一角，底下出現了一扇活板門。

「這條隧道會帶我們通往後廳。」她說，「我們很多年沒有使用了，所以裡面想必積滿灰塵和蜘蛛網。」她嚴肅地看著歌蒂，「但是我想一個去過陰險門的女孩應該不會因為幾隻蜘蛛而卻步。」

歐嘉．西亞佛嘉說得沒錯，隧道裡的確有很多蜘蛛，而且不只幾隻而已。雖然歌蒂看不見那些蜘蛛，但是破碎的蜘蛛網不斷沾上她的臉。每當錘擊聲停止時，她總覺得自己聽見一群脆硬的蜘蛛腳四處竄逃的聲音。

她全身爬滿雞皮疙瘩，顫抖地撥開蜘蛛網。前方不遠處，歐嘉．西亞佛嘉乾癟的聲音就猶如黑暗中的靠山。

「璀璨城的人民，」歐嘉．西亞佛嘉說，「把孩子當作溫室花朵般對待，他們以為缺乏持續照料，孩子就無法生存。但是世界上其他地方，有許多小男孩、小女孩會與羊群共度好幾個禮拜，完全沒有其他人的陪伴。他們驅趕狼群，而且不僅懂得照顧自己，還負責照顧羊群。」

她停止說話。歌蒂可以聽見身後傳來的敲擊聲，叮叮咚咚宛如某人在遠方敲門。

「一群笨蛋！」歐嘉．西亞佛嘉喃喃自語，「呆子！」

她繼續拖著腳步前進，「於是，當危機來臨時——危機總是會來的——那些孩子既機智又勇敢。如果他們必須帶著自己的弟弟妹妹跨越國界，他們就會去做；如果他們必須勞頓奔波，白天躲藏，夜晚防範士兵，他們就會去做。他們從不輕言放棄。」

隧道往右手邊急轉直下，老婦人的聲音有好一會兒失去消息。有異物掉到歌蒂手上，她差點張嘴大叫——但是一想到那些整晚都必須守護弟弟妹妹的孩子——就立刻閉上嘴巴繼續前進。

她繞過轉角，正好聽見歐嘉．西亞佛嘉喃喃說道，「當然我並不是說交付給孩子如此沉重的責任是件好事，童年對孩子而言很重要。但是他們必須能夠找到自己的勇氣和智慧，學會隨機應變。畢竟，若不讓孩子爬高，他們怎麼能夠看見攤在面前如此偉大和美妙的世界——啊哈，我們到了！」

她停下腳步，摸索隧道上方的松木板。上方傳來一聲叫喊，有人抓住活板門一把拉開。阿沫低頭看著她們，摩根站在他肩上。

「發生什麼事了？」他說，「你們為什麼要爬隧道？那個鐵鎚敲擊聲是怎麼回事？為什麼——」

一顆黑色巨頭把他推到旁邊。「有人正在對博物館使壞，」暴風犬粗聲粗氣地說，「我可以去殺了他們嗎？」

19 等待

歐嘉．西亞佛嘉不讓其他人和她一起進入陰險門。雖然阿沫抗議著，但歌蒂可以看出他和自己一樣鬆了口氣。

「你們必須等西紐回來，」老婦人說，「等他回來，告訴他我去了哪裡，告訴他我會盡快和丹一起回來。」

「如果那些士兵──」歌蒂咬咬嘴唇，「如果那些士兵射中妳怎麼辦？」

「我了解那些士兵的心思，」歐嘉．西亞佛嘉說，「我想他們應該不至於傷害我。而且如果守護者快點阻止神聖護法，戰爭館就會平靜下來，士兵也會變得比較無害。」

「為什麼妳不讓我去阻止神聖護法？」布魯抗議道，「如果妳不想他們死，我就不殺他們。我頂多把他們撿起來咬一咬，這樣等我把他們放下，他們就會跑走了。」

「那麼接下來他們就會帶著捕網和獵槍回來，」歐嘉．西亞佛嘉說，「好捕捉這世上僅存的暴風犬。不行，親愛的，他們不知道你的存在，我們該維持現況，把這場仗留給守護者去打。」

她搔了搔布魯的耳朵，撫摸摩根的黑色羽毛，然後對歌蒂和阿沫微笑道，「你們很勇敢，而且心地善良，」她說，「但是你們一定要學會三思而後行。無論發生什麼事，記住，凡事都有轉機。先想想後果，再去做你認為該做的事。」

她轉身——又馬上轉了回來，「告訴西紐無論如何都不要來找我，這裡需要他。」接著，彩色裙子一掃，伴隨硬幣的噹啷聲，她離開了。

歌蒂坐在哈里山的第二階樓梯，腳跟踢著木板。三階之上，阿沫正在把玩他的瑞士刀，把小刀藏在手心變不見。布魯在兩人下方的地板緩慢地來回踱步。

「可以借一下你的鐵絲嗎？」歌蒂注視阿沫許久後開口說道。

阿沫聳聳肩，遞出他用來打開陰險門的鐵絲。歌蒂從口袋拿出剪刀和小鎖頭。

她喜歡解鎖，歐嘉．西亞佛嘉也對她的學習速度相當滿意。「只要有機會，妳就得不斷練習。」老婦人曾說，「這座城市有各式各樣的鎖，有些鎖甚至對我而言都是考驗。也許有一天，妳的性命就取決於解鎖的能力。」

歌蒂將其中一面刀刃插入鎖孔，輕輕轉動，然後再把鐵絲插入刀刃上方的空隙。她往上一壓，感覺到鎖孔裡的五個小管子。她用力推動第一個管子，不到幾分鐘便聽見一記微弱的卡嗒聲。

她繼續解開第二個管子，然後是第三個。然而四周空氣越來越燥熱，整棟博物館彷彿發燒似的，這讓她難以專心。

「還你。」她把鐵絲還給阿沫，然後起身，「我們去瞧瞧發生了什麼事。」

阿沫慢慢地站起來，彷彿已經沉思良久，「妳知道我怎麼想嗎？我覺得護法們想要進入後廳，不然還有什麼原因讓他們想要把博物館釘住？他們想找到那扇員工專用門。」

歌蒂點點頭，這確實有道理。「不過為什麼呢？」她說，「他們想得到什麼？」

「我不知道。」

布魯輕柔地嗥叫。「他們進不了後廳的，我不允許。他們光是在前廳就把空氣弄得臭氣熏天。」他豎起背部鬃毛，看上去比平時還要巨大，「他們傷害了博物館！」

「別擔心，西紐和守護者會阻止他們的。」歌蒂說，但願自己說的是事實。

兩個孩子在動盪不安的房間裡徘徊穿梭，摩根依偎在阿沬肩上，布魯緩緩地略走前方。博物館不時劇烈搖晃，歌蒂和阿沬便停下腳步唱歌。不久後兩人的喉嚨嘶啞，脾氣也變得暴躁。只有布魯似乎沒有受到漫長等待的影響。他的鼻孔微微張動，胸膛發出低沉怒吼，但同時他又有一種冷靜的氣質，彷彿彈簧一樣可以不斷不斷地醞釀，直到衝破的那一刻，而七靈神會幫助他除去任何擋路的人。

「布魯，」歌蒂顯然已失去所有耐心，想藉由其他事情轉移注意力，「你怎麼決定何時變大，何時變小呢？」

布魯頭一歪，「我無法決定，就像人類無法決定何時肚子餓，何時高興。我的身體替我決定，是大是小有時候對我而言也是個驚喜。」

「你比較喜歡變大還是變小？」歌蒂說。

暴風犬慎重地思考，「可以追追老鼠，不被世人視為威脅是挺愜意的，但是能夠撲向敵人，啃咬他的骨頭也很爽快……我一定要選嗎？我想我選不出來。」

歌蒂本想追問更多問題，但就在這時博物館又搖晃起來。他們對著博物館唱歌，嗓子越唱越沙啞，等到結束後，她早已把問題忘得一乾二淨。

一行人經過粗暴湯姆館的那艘擱淺大船時，布魯突然豎起耳朵。不到一會兒，歌蒂聽見遠方傳來轟隆隆的聲音，一輛越野車像迷路的孩子般鳴聲大作。

「是鯊魚號！」阿沫說，「你們想會不會是丹先生回來了？」

布魯搖搖頭。「如果我的好友剛從陰險門回來，我是不會如此痛苦哀嚎的。」

「可是你又不是鯊魚號，」阿沫說，「有可能是丹先生回來了，還有歐嘉．西亞佛嘉！我們去看看。」

歌蒂動也不動。「歐嘉．西亞佛嘉叫我們等西紐回來。」

「沒錯，但她沒有說去哪兒等啊。」

「她的本意絕不是要我們到處亂跑。」

「妳在說什麼？我們早就到處跑遍了。無論在哪裡，西紐都會找到我們的。」

歌蒂知道阿沫說得沒錯，但是炎熱的天氣再加上憂慮的心情，她的耐心早就消磨殆盡，突然間她就是不想再踏出一步，「總之，我不去。」

「那麼，我自己去！」

「我不這麼認為，我覺得我們應該待在一起。」

阿沫橫眉怒目地看著她，「我才不在乎妳怎麼想！」

「別吵，」布魯說，「如果你那麼關心，我去。」接著他便跳著跑開了。

暴風犬一走，等待變得更加漫長。兩個孩子倚靠著廢棄的船身，迴避彼此的目光。歌蒂感覺自己的每一吋神經都幾近崩潰邊緣。

「我希望歐嘉．西亞佛嘉能平安無事。」她說。

阿沫吐出一絲不悅，「她當然會平安無事，別傻了！」

「你說誰傻？」

「這附近我看沒有其他人，所以一定就是妳了。」

歌蒂立刻離開船邊。她挺直身子，生氣地瞪著他，「你才是傻瓜！」

「我不是！」

「你就是！」

「要不是妳來到這裡，」阿沫說，「這一切都不會發生。」

「這跟我一點關係也沒有！如果你到現在還搞不清楚狀況，那麼你甚至比我想像的還笨！」

「我應該叫摩根飛到妳身上，她肯定會喜歡水汪汪的眼睛。啵，啵。」

「少來了，你以為我會怕摩根嗎？來啊，小摩根，到我肩上來，我比他友善多了！」

「她不喜歡妳。只有妳死了她才有可能喜歡妳，是吧？摩——」

他突然住口，面無血色。在博物館遠處，歌蒂聽見一聲呻吟，彷彿一陣強風驟然捲起。

「嘎——」摩根從阿沫肩上展翅起飛，幾乎同一時間，強風襲中了他們。這不是方巾一角的大狂風，但是力量也大得足以捲起殺戮鳥，讓她像一捆黑布般從身邊呼嘯而過。

歌蒂和阿沫搖搖晃晃地倚靠對方，雙手緊緊抓住彼此，努力挺直身子。強風宛如發出警告般在他們耳邊哀嚎——接著就消失了。

這突如其來的沉默，讓兩個孩子驚恐地看著對方，全然忘記先前的爭吵。他們都知道這股強風代表什麼意思。

歐嘉・西亞佛嘉出事了。

20 造反

歌蒂還來不及釐清頭緒，就見西紐急忙朝他們趕來，臉色十分蒼白。

「我感受到那股強風了。」他說，「發生什麼事？那些笨蛋在前廳做什麼？歐嘉・西亞佛嘉人呢？」

「她去陰險門了。」阿沫說。

「不！」西紐大叫一聲，轉身拔腿就跑。

「等一下！」歌蒂高聲叫道，「她說你千萬不可以——」

但西紐已經遠離。

兩個孩子趕緊追上去，跑過一間又一間冗長的房間，摩根則在上空用力拍打翅膀。他們經過害蟲館、穿越斷骨館、爬上哈里山又接著下山，然後是黑夜館、失蹤兒童館、鐵石心腸館。好幾次他們瞄到西紐就在前方。又有一次，眼看就要捉住他時，房間突然瞬變，結果歌蒂和阿沫來到了仕女之哩，而就在陽台對面遙不可及的地方，西紐正沿著一條古老的木造走廊奔跑著，歌蒂從未見過那條走廊。

「西紐！」阿沫大聲叫道，「別跑了！」

西紐連頭也不回。

當孩子們終於跌跌撞撞、氣喘吁吁地爬上陰險門，西紐早已抵達。他把豎琴拽在肩上，正一點一點地拉開大門。大門另一端的高草堆隨風飄動，彷彿一場暴風雨即將來臨。空氣中瀰漫濃濃的火藥味。

「西紐！」歌蒂大叫，「歐嘉．西亞佛嘉說過你千萬不能去找她！」

這時摩根正在頭頂振翅飛行，西紐的豎琴發出淒涼的低鳴聲。他的表情像即將來臨的暴風雨一般陰沉黑暗，歌蒂甚至無法確定他是否有聽見她的聲音。

孩子們撲向大門，試圖把門關上，但是西紐對他們而言實在太強壯。漸漸地，他們被逼著向後退。

阿沫突然停止推門，側身溜進寬大的蜂窩孔。他從陰險門另一端瞪著西紐，「如果你要去，我也要跟著一起去！」

西紐猛地愣住，搖搖頭，彷彿想從惡夢中甦醒，「別傻了，阿沫。這太危險了，況且博物館需要你。」

「博物館也需要你！」歌蒂說，「歐嘉．西亞佛嘉說過，你千萬不可以去找她！」

西紐的豎琴激烈地發出砰的一聲，「我不能把她一個人留在那裡，她曾經救過我的命。」

「那你更應該照她所說的去做，」一個低沉的聲音說，「別像個輕率的傻小子倉促離開。」是布魯。他從遙遠的門外隱約現身，歌蒂從未見過他如此危險的模樣。

西紐臉頰漲紅，準備開口回應些什麼，又低頭看著雙手，心中怒氣煙消雲散。阿沫從門縫鑽了回來，三人靜靜地用肩膀頂住大門，將它關上，西紐從口袋拿出鑰匙鎖上大門。

似乎沒有人知道接下來該怎麼辦，西紐靠著陰險門，雙手不知所措地垂在兩旁，豎琴安靜地拽在肩上；阿沫踢著牆壁，整個人感到迷惘又生氣。

「西紐，守護者怎麼說？」歌蒂問道。

西紐臉色發白了好一會兒，儼然忘記自己剛從哪裡回來。「喔，」他說，「她會馬上召喚首輔，命令他去阻止神聖護法的行為。我告訴她這是緊急事件。」

他從肩上把豎琴取下，一邊撥弄琴弦，一邊來回踱步。「當然，那時我還不知道這場最新的瘋狂舉動，又是木板又是鐵鎚的。」他搖搖頭，「老天啊，這已經不是緊急事件，而是走投無路了！他們在想什麼？誰在幕後指使？他們都瘋了嗎？墮落到極點了嗎？他們到底知不知道自己惹上的是什麼麻煩？」

陰險門另一端的草堆起伏波動，火藥的臭味越發濃厚。

「西紐，」布魯低沉地說，「你的琴聲把事情搞得更糟了。」

西紐猛然抬頭，聆聽逐漸變弱的音調，臉色變得蒼白。他立刻把手放在琴弦上消音，接著盤腿坐下，往後一靠，讓雙肩倚在牆上。

他開始彈奏第一首歌。

對歌蒂而言，琴聲彷彿一束陽光飄進屋內。漸漸地，陰險門另一端的草地趨於平靜，空氣也清新許多。危險感依舊，但沒那麼逼近。

「博物館還願意聽我們說話，」西紐輕聲說，「這至少是值得慶幸的一點。」

阿沫輕蔑地哼了一聲，「這只是暫時的。如果守護者無法阻止神聖護法，會發生什麼事？」

「她可以的，」西紐說，「她一定得做到。」

「如果她失敗了呢？」歌蒂說。

西紐咬著嘴唇，「想像一只即將煮開的水壺，如果你按住蓋子不讓蒸氣揮發，壺裡的壓力就會一直升高，到最後整個水壺就會爆炸。」

「你的意思是博物館會爆炸？」

「不盡然。但是如果壓力過大的話，陰險門另一端所有東西都將破門而出，並湧入城內，像是戰爭、饑荒、瘟疫等所有古老災難。成千上萬的人民會死亡，城市將會殞落。」

歌蒂感覺背脊一陣涼意。她想起在懺悔之家的爸媽，又想到陰險門後方那些士兵朝他們逼近的景象，不禁打起哆嗦。

「這棟博物館從來就不應該容納那麼多狂野又危險的東西，」西紐說，「但是璀璨城的人民就像霍普護法一樣，手持著木板和鐵鎚，想要控制生命。他們想要無時無刻擁有絕對的安全和快樂，問題是，這不是世界的原貌。有高山就有深淵，你不能只要求快樂卻拒絕悲傷。世界永遠不會停止轉動，它像隻翩翩飛舞的蝴蝶一樣，不停來來回回、前前後後地移動。」

西紐說話的時候，琴聲伴隨著他的話交織、迴盪，歌蒂簡直不敢確定究竟說話的是西紐還是豎琴。

「很多年以前，」西紐說，「我、歐嘉．西亞佛嘉和丹先生彼此承諾，總有一天我們要把一些原始自然帶回城裡，不是戰爭、饑荒或瘟疫那種嚴重的東西，就是一些空地、小貓、小狗和鳥兒，建造一些孩子們可以躲藏的秘密基地，讓他們想要逃離大人的監視時有地方可以去。」

布魯讚許地低吼，摩根嘎嘎地叫。西紐停止彈奏，琴聲餘音裊裊，宛如一場白日夢繚繞著歌蒂。

「我們會實現諾言的。」西紐說，「總有一天會的。」

「如果我們活下來的話，」阿沫嚴肅地喃喃自語，「如果城市依然存在。」

首輔花了一段時間才回應守護者的召喚，一段相當汙辱人的冗長時間。當他終於抵達守護殿時，整個人大搖大擺地從門口走進來，然後一屁股坐下，把腳翹在桌上。

守護者氣得滿臉通紅，有股衝動想要當場把他轟出去，但是西紐帶來的消息非常重要，她只好答應自己暫時忍受老弟。等她確定首輔阻止了神聖護法，到時再把他轟出去。

「我想我告訴過你，」她冷冷地說，「鄧特博物館不需要常駐護法。」

首輔虛偽地假笑，「親愛的姊姊，妳的指示我牢記在心。」

「那裡現在有一大堆護法！」守護者厲聲說，「而他們造成了不可言喻的大麻煩！」

「可是他們都是白天抵達，晚上離開，根本稱不上常駐。」

守護者用力拍桌，「老弟，別跟我玩文字遊戲！我要你的屬下立刻離開博物館。」

首輔靠著椅背，打起哈欠。「不。」他說。

「這不是請求，這是命令。馬上叫護法們撤退！」

「不。」首輔又說了一遍。

守護者的頭皮發麻，這些年來她第一次，想起了自己七歲生日的那一年。當年父親是一位富有才幹的銀匠，為她做了一隻機械狗。只要用一把小鑰匙鎖上發條，小狗就會搖著尾巴跟在她後面。她對那隻小狗一見鍾情，她的弟弟也是——甚至比她更加喜愛，就因為小狗是屬於她的，尤其因為是屬於她的。

當時他只有五歲，但是他不知道用了什麼方法說服父親，在傍晚以前，父親決定把小狗送給他。父親一邊尷尬地向女兒道歉，一邊把小狗交了出去，結果不到一天小狗就壞了，那把精美小鑰匙也從此消失無蹤。

守護者打了個寒顫。她站起來，知道自己必須做一件其他守護者從未做過的事，而且，為了城市的安全，她必須動作快。「來人啊！」她大聲叫道。

門一開，民兵部隊指揮官抬頭挺胸走了進來，帽簷遮蔽了他的雙眼。

守護者一邊點頭，一邊走近她的弟弟。「逮捕他。」

指揮官動也不動。

「你聾了嗎？」守護者說，「逮捕他！」

指揮官依舊動也不動。守護者看他的眼睛突然瞥向弟弟，又瞥了回來，背脊不禁感到一陣害怕。

「怎麼回事？」她盡可能平靜地說。

她的弟弟慢慢站了起來，嘆了口氣，彷彿對即將要做的事感到遺憾。他把手放在守護者的肩膀。

「妳最近看起來相當疲累，守護大人。」他低聲說，「七靈神認為該是妳好好度個長假的時候了……」

21 後廳的陌生人

事情發生的時候，歌蒂正在熟睡。早些時候豎琴聲弄得她昏昏欲睡，加上她實在非常疲倦，因此即便發生了那麼多事情，她還是倒在西紐身旁，閉上眼睛，進入了夢鄉。

她正在璀璨城的大禮堂裡，頭上到處都是機械鳥，每一隻都像遠方地平線那般蔚藍。但是這些機械鳥並沒有如往常般甜美地啾啾叫，反之，它們粗聲叫道，「瘟——疫——瘟——疫——」叫完後，便從空中掉落地面摔壞了。

她彎腰撿起其中一隻，鳥兒的雙眼熾熱又明亮，「後廳有陌生人。」它低吼著。

接下來低吼聲充斥周圍，有人正在搖醒她，「歌蒂！歌蒂！」

她馬上坐了起來。阿沫正跪在旁邊，布魯則站在他正後方，像熊一樣巨大，如夜一般漆黑。低吼聲是從他身體裡發出來的。

「後廳有陌生人！」他又說了一次，聲音低沉得彷彿火山即將爆發。

西紐早就揹上豎琴站了起來。「一定是那些神聖護法，快！我們必須——」

但是就在他要繼續說下去之際，大門發出巨大的吱嘎聲，陰險門打了開來。

歌蒂、西紐和阿沫撲向大門，雖然門的另一端空無一人，但是他們就是無法將大門闔上，有股力量抗拒著，宛如一隻初嘗自由的動物，拒絕再回到籠子裡。一直等到布魯加入，他沉甸甸的重量才讓大門慢慢回到原位。

西紐從口袋拿出鑰匙，把大門鎖上。「我之前鎖過了啊，」他喃喃自語，「我確定我鎖了，怎麼會——」

「怎麼會自己又打開了呢？」歌蒂低聲說。

陰險門的另一端，高草堆隨風擺盪。西紐沮喪地搖搖頭，「守護者到現在早該有所行動了！我和她說過這件事的嚴重性！」

「我們不能再繼續等下去了。」布魯嗥叫著。

「沒錯，」西紐說，「我們必須親自阻止那些入侵者。」

他們奔回那些積滿灰塵的房間，速度比來時還快。摩根飛在最前方，大聲叫著，「阻——止——他——們——阻——止——他——們——」聲音聽起來就像乾癟的碎骨。

布魯在殺戮鳥身後不到幾秒鐘的距離。他本可超越所有人，但是西紐叫道，「布魯！等等！」

暴風犬慢下腳步好讓大夥兒趕上。「我希望你不要出現，」西紐氣喘吁吁地說，「你們全部都一樣，我要自己處理這件事。」

「不！」歌蒂說。

「我們全部一起去！」阿沫說。

「孩子說得沒錯，西紐。」布魯低吼，「護法們正在玩弄城裡所有人民的生命。我要把他們像老鼠一樣丟出去，這是他們應得的。」

西紐搖搖頭，「阿沫和歌蒂不能被發現，而且我不願讓他們知道博物館裡有一隻暴風犬。」

他們一邊奔跑一邊爭論，但是西紐不願意改變主意，於是來到員工專用門之後，歌蒂和阿沫便躲到櫥櫃後方，摩根和布魯也與兩人在一起，雖然暴風犬渴望著對抗那些陌生人，以捍衛後廳的安全。

西紐取下肩上的豎琴，獨自大步向前走。歌蒂從櫥櫃一角偷窺出去，被自己所看見的景象吃驚地倒抽一口氣。

她身旁的阿沫喃喃地說，「我要把他們給殺了。」

員工專用門半脫落地懸掛在鉸鏈上，門框被木板交叉封住，牢牢釘死，以防止大門移動。霍普護法、康佛護法和其他年輕助理正得意洋洋地穿梭其中。

西紐朝他們大步走來。「住手！」他大吼著，「不准你們再前進一步！」同一時間，他用豎琴彈奏出一連串曲子，聲音讓那些神聖護法當場呆住。

一陣突如其來的靜默下，西紐一邊彈奏，一邊繼續說道，「博物館裡保藏了一些東西，」他說，「這些東西可怕得超乎你們的想像。如果繼續前進，你們全都會死，而且不只是你們，還有你們的兄弟姊妹、爸媽和孩子。」

年輕護法個個張大了嘴巴盯著他，霍普護法和康佛護法也不例外。但只持續了一下子，霍普護法的臉就轉變為一抹冷笑。「都是謊言！」她大叫道，「他只是想要保護他的那些小秘密。」

「他是想要保護妳！」歌蒂小聲說，「他想要保護我們所有的人！」

「我要把他們給殺了。」阿沫又喃喃地說了一次。

「我們可是奉了七靈神的指示！」康佛護法大聲說，「我們不會因為這些可笑的威脅而卻步！」

「沒錯，我們不會的！」霍普護法厲聲說，「前進！」

年輕護法遲疑地面面相覷，大家動也不動。

西紐撥動琴弦，發出清脆響亮的音調，「這裡的確藏了一些秘密，但是這些秘密並不會給你帶來財富、名聲或榮耀，如果你們是這麼聽說的話，那很抱歉。這些秘密只會給你和所有你愛的人帶來死亡。」

「胡說八道！」霍普護法尖聲說，「太荒謬了！別聽他的！」

「回頭吧，」西紐說，「只要回頭，你們就安全了。」

「快回頭。」歌蒂低聲說。

「不行！」霍普護法的臉氣得發紫，「立刻前進！我命令你們！要是有誰不前進，就準備承受觸怒七靈神的後果！」

年輕護法彼此竊竊私語起來，就連康佛護法也看起來心神不寧。

「安靜！」霍普護法叫道。

竊竊私語聲越來越大，人人開始躊躇不安，每雙眼睛都在西紐和霍普護法之間徘徊不定。

「成功了。」歌蒂低聲說。她轉向布魯和阿沫，「他們相信他！」

她說得沒錯，年輕護法一個接一個放下鐵鎚和釘子，轉身背對霍普護法和康佛護法，開始往外撤……

「給——我——站——住——」一個低沉的聲音大叫。

歌蒂絕望地抬起頭，年輕護法全都退到一旁，讓出一條小路。

首輔從後方邁步走了進來。

他像一道夏日暴風席捲至員工專用的門口，手上拿著一把劍，沿路上刺穿所有擦身而過的展示箱，一副無所畏懼的模樣。

跟在他後面的是一整排新聞記者，個個手中緊抓著本子和鋼筆。這群人一看見破門後方的灰塵和蜘蛛網，不禁失望地搖搖頭，彼此竊竊私語起來。

起先，首輔似乎沒有注意到這些塵埃汙垢，他在門邊停下腳步，英俊的臉蛋上表情冷峻，「我很沉重地告訴各位，」他大聲說，「守護者目前身體不適。」

在場人士聽了無不驚訝地倒抽一口氣。記者們轉開攜帶式墨水瓶的蓋子，開始在本子上振筆疾書。歌蒂從櫥櫃後方看見西紐的臉色變得慘白。

「我謹代表城市所有人民，」首輔繼續說，「希望她能夠早日康復。願七靈神保佑她。」

歌蒂用力彈手指，把指頭都弄痛了，她身旁的阿沫也同樣彈著手指。其中一名記者大喊，「首輔大人，可否告訴我們守護者哪裡不適呢？」

「我的醫師現在正和她在一起，」首輔說，「他很快就會向我回報，明天報紙出刊之前，我們應該可以有個答案。」

另一名記者舉起手，「先生？現在是誰掌管城市呢？」

「守護大人將這份重責大任交付於我，」首輔說，「在我掌管的短短時間內——」

剩下的話被護法熱烈的認可聲淹沒了。

歌蒂怒視著首輔那張英俊、充滿謊言的臉。他對守護者做了什麼？她對阿沫打起手語。

仔細聽！阿沫比劃道。首輔再次開口，「在我接管的短短時間內，」他說，「我揭發了一則駭人聽聞的陰謀。在我辦公室設置炸彈的流氓，那些無情奪走一條年輕生命的無賴，就在璀璨城附近。」

他用劍指向高聳的天花板和上頭的蜘蛛網，「如你們所見，這棟建築物充滿了有毒昆蟲，我懷疑這裡也是疾病叢生。」

記者個個膽戰心驚。

「但是，」首輔說，「這裡還有一件更糟糕的事情，一件褻瀆神靈之事，這就是我的證據。」他從口袋拿出一本藍色小冊子，在空中揮舞著，「這棟博物館窩藏了一支秘密軍隊，正計畫要佔領整座城市！」

這次的喧鬧聲幾乎要把歌蒂震聾。記者和年輕護法紛紛擠到首輔面前，大聲詢問各種問題，就連霍普護法和康佛護法也是一臉震驚。

只有西紐和首輔一臉冷靜。西紐拿起豎琴一陣瘋狂亂彈，琴聲像刀子一樣劃破喧鬧，「聽我說，」西紐大叫，「博物館和那場炸彈攻擊一點關係也沒有——」

「我說的是實話。聽說，」首輔插嘴道，「這些牆壁後面有個地方稱之為陰險門，是真的嗎？」

「是的，」西紐說，「可是——」

「那麼，聽說陰險門另一端有一支殺人不眨眼的軍隊也是真的嗎？」

「這個嘛，是的。可是——」

「你們都聽見了！」首輔大聲疾呼，「他自己承認了罪行！」

「不要插嘴！讓他解釋！」歌蒂低聲說。

「你犯了一個嚴重錯誤，」西紐說，「去和守護者談談！她會告訴你——」

「啊哈！」首輔大叫，「就是守護者本人堅持請我處理這個可怕威脅！她說：『首輔啊！你是唯一可以拯救我們的人。你必須在我們被殲滅以前趕快行動！』」

「守護者不可能說出那樣的話！」西紐大叫。

首輔不理會他，把劍舉到空中大聲說，「來人啊！」

腳步聲沉重作響，一組民兵部隊推開群眾走了進來。首輔拿劍指著西紐，「逮捕這名男子！」

國民兵舉起步槍，謹慎看著西紐，彷彿他是其中一個殺人不眨眼的兇手似的，並開始朝他步步接近。

不！歌蒂心想。

「不！」阿沫說。

「不——」

歌蒂耳邊突如其來的咆哮聲，幾乎把她震聾。「布魯，住手！」她大叫，但已經太遲。暴風犬躍過她的頭頂，一邊生氣地怒吼，一邊朝國民兵奔馳而去。他的尖牙外露，背上毛髮直豎；飛在他上空的則是摩根，一隻黑色的死亡使者。

士兵們一見眼前兩隻可怕生物朝他們衝來，都當場嚇得動彈不得，只有指揮官保持鎮定。雖然手不停顫抖，但他舉起步槍。歌蒂看見他的手指扣住扳機。

「不！」西紐大吼，撲身到指揮官面前。槍聲響起，子彈毫髮無傷地擦過布魯的耳朵。

槍聲似乎讓其他士兵頓然清醒，他們舉起步槍，但說時遲，那時快，在他們尚未瞄準之際，布魯就撲了上來，巨大尖牙猛然咬去。

他把士兵們像雜草般一掃而空，他們又叫又跌地試圖逃跑，但摩根早已露出尖喙利爪等待多時，翅膀的陰影彷彿裹屍布一樣掃過他們身上。

「布魯！摩根！不要傷害他們！」西紐大聲喊叫。歌蒂在這團混亂中只能勉強聽見他的聲音。

就在這時，她忽然又聽見另一記槍聲，回音甚是怪異，穿透了所有叫鬧聲。時間突然慢下來，子彈擊中目標前，似乎在半空停留了好一會兒。

歌蒂恍惚感覺到自己站了起來，從破爛櫥櫃後方走出去。她看見首輔，站在一片混亂中間，一動也不動。他的劍收在鞘中，肩膀上卻頂著一把步槍，微笑著。

她開始奔跑，阿沫也跑在她旁邊。空氣如糖漿般黏稠不堪，他們也跑得不夠快。

她的胸口湧起絕望的哭喊。她看見西紐張嘴發出駭人的叫聲，看見摩根瘋狂地飛上樑柱，留下幾片緩緩掉落的羽毛，就像黑色的雪。

她看見布魯縮了一下，然後開始搖晃。她看見布魯在最後一刻撲身咬住最近的士兵。

她看見布魯倒下。

22 兩個逃家的孩子

歌蒂跪倒在暴風犬的巨大身軀旁，阿沫和西紐和她跪在一塊兒。周圍人群又是驚訝又是寬心地大聲嚷嚷，神聖護法和新聞記者讚許地拍著首輔的背，國民兵匆忙撿回步槍，也撿回自己的尊嚴。

歌蒂幾乎沒有注意到那些人。眼淚從臉頰傾瀉而下，與暴風犬頭部旁邊的那灘血相互交融。她顫抖地撫摸布魯的耳朵，心彷彿被掏空了一樣，槍聲仍然在耳邊迴盪。

「他只是想要保護我們，」阿沫輕聲說。他抬頭看著西紐，眼淚緩緩從兩頰流下，「他們為什麼要殺他？」

西紐無奈地搖搖頭，拿起一隻巨大腳掌放在手心，一旁地上的豎琴悲傷哀鳴著。

歌蒂把手放在布魯的脖子上，她很驚訝自己曾經懼怕過他。阿沫說得對，他只是想要保護他們罷了。

她頭上傳來一個聲音，「首輔大人！你看！那裡有一些孩子！而且沒有銬上守護鏈！」

有那麼一會兒，歌蒂不明白那個聲音在說什麼。等到她抬起頭，一群嚇人的臉蛋環繞四周，俯視著她和阿沫。首輔同情地搖搖頭。

「各位先生女士，」他說，「這就是孩子們沒有受到妥善保護的下場。看看他們，看看他們蓬亂的頭髮和骯髒、絕望的表情，看看他們手腳上的抓痕。怎麼會發生這種事？他們怎麼會淪落至此，沒有守護鏈，沒有人看管？」他停頓，「讓我告訴你們，這個——」他用純白無瑕的手指指著歌蒂，「這個就是炸彈爆炸那一天，從大禮堂逃跑的女孩！」

在場記者個個驚訝地竊竊私語，並在本子上瘋狂書寫。歌蒂低頭看著雙手，她逃走了又怎麼樣？這很重要嗎？難道他們不明白布魯已經死了嗎？

「霍普護法！」首輔喊著，「妳在嗎？」

霍普護法趾高氣揚地從人群中推出一條路，身旁緊跟著另一位護法，身材精壯，滿臉通紅，歌蒂以前從未見過他。

「喔，不！」阿沫呻吟地說。

「維秋護法，」首輔對這個精壯男子說，「是這個男孩嗎？」

「是的，首輔大人。」維秋護法說，急切地凝視阿沫，「他也是個逃跑的孩子，名叫康森納瑞・哈恩。他的父母現在正關在懺悔之家。」

康森納瑞？歌蒂驚訝地看著阿沫。他盯著地板，臉色凝重又憤怒。

「我的天啊！」維秋護法說，喉結激動地上下震動，「我幾乎無法正眼看著這個男孩！把自己弄成這副德性！他無疑是染上紫熱病了，不然就只有大木神知道是什麼玩意兒了。他對自己和周遭的人都是個威脅！」

阿沫猛然抬頭，「我們才不是威脅！」他橫眉怒目地看著首輔和維秋護法，「你們才是！你們這些殺人兇手！通通都是！如果你們不趕緊離開博物館，璀璨城將會發生比紫熱病更嚴重的事情！」

首輔似乎沒在聽他說話。「這裡有兩個孩子，」他大聲地說，「兩個罪犯，顯然有些精神異常——」

「我們沒有精神異常！」歌蒂大叫道，「我們試著警告你——」

就在這時，她手底下有東西微微抽動。她驚訝地往下一看，布魯的頭微微抬起——然後又立刻倒了下去。

歌蒂的心猛然一跳。「他還活著！」她本想輕聲說，但由於過度興奮，聲音比預期大了些，「西紐！阿沫！他還活著！」

突然一陣恐怖的靜默，接著整個房間爆出騷動。記者和神聖護法迫切地想要逃跑，紛紛跌個四腳朝天。國民兵大聲吆喝著指令。

「那畜生還活著！」

「快點解決它！別冒險！」

「給它的腦袋吃顆子彈！」

阿沫撲向布魯。「離他遠一點！」他大叫，「如果你們敢碰他，我就殺了你們！」

「誰來把那個男孩拉開。」指揮官大聲說。

阿沫不停拳打腳踢，但是國民兵把他像嬰兒一樣拉開，同時也捉住歌蒂，把她帶開一段距離。

西紐沒有那麼輕易移動。他站在布魯身旁，「他，」他大聲說，「是世界上僅存的最後一隻暴風犬！如果你們殺了他，會惹怒邪惡力量，城市和所有的人民將注定死亡。」

首輔頭一撇，大笑說，「僅存的最後一隻暴風犬？這樣的話，我們不只要殺掉它，還要做成標本放在大禮堂展示！」

歌蒂心中升起一團熾熱的怒火，「我恨你！」她咬牙切齒地說，「我恨你！」

首輔再次大笑。國民兵舉槍瞄準布魯，歌蒂緊緊閉上雙眼，不忍觀看。

然而就在國民兵開火以前，突然天搖地動。歌蒂猛地睜開眼，水煤燈的火焰劇烈地閃爍不定，有那麼一會兒，她還以為燈光全要熄滅了，但慢慢地，非常緩慢地，又全部同時恢復光明。

好極了！歌蒂心想，沒人敢忽視這種瞬變的！

她說得對。國民兵困惑地相視對望，記者和神聖護法則緊張地交頭接耳。

「首輔大人，」西紐表情冷峻地說，「你必須馬上停止這一切，你必須趕緊離開博物館，好讓我照顧這隻暴風犬，否則我們都將自取滅亡。」

那一剎那，歌蒂以為首輔把話聽進去了，但是接下來他卻揚起微笑，轉身對記者說，「只是一場小小的地震，沒什麼。記得告訴你們的讀者無須擔心。」

他轉向指揮官，「至於這隻暴風犬，暫時留它活口也許會有用處。趁它還沒完全清醒以前把它捆起來，然後綁在我舊辦公室外頭的樓梯扶手上。明天我們將舉行公開處決。」

西紐又開始抗議，但被首輔打斷。「把這個男子帶走，」他說，「塞住他的嘴，別讓他胡言亂語，然後把他關在懺悔之家的最底層。」

一群國民兵衝到西紐面前捉住他，他扭打掙扎，氣得發狂，但他們仍然把他綁住，並塞住他的嘴，一把拖走。歌蒂看見其中一名士兵撿起豎琴，跟在其他人後面，就像得來不易的戰利品。

留在後方的國民兵再次舉槍對準布魯，幾位神聖護法緩緩走向前遞出繩索。

「把這隻野獸牢牢綁住，小心點，」首輔說，「還有用皮帶捆住嘴巴，防止它亂咬人。如果它企圖逃跑，殺了它。」

「不！」歌蒂大叫道，「你敢！」

「首輔大人，我們該如何處置這些孩子？」指揮官說。

歌蒂匆匆看了阿沫一眼，她可以感覺到阿沫散發出的憤怒，就和她體內燃燒的熊熊怒火一樣，如火爐般熾熱。

「啊，對了，孩子。」首輔提高音量，好讓每個人都聽得見，「各位先生女士，這些孩子也許犯了罪，也許精神異常，但是我們仍然必須鄭重地為他們負起責任，我的神聖護法會把他們當親生孩子般照顧。願七靈神伴隨左右並撫慰他們不安的靈魂。」

人群中的護法們暗自叫好，記者和國民兵則彈動手指。

願七靈神伴隨你的左右！歌蒂狠狠地禱告，生平第一次，她沒有彈手指。

「至於我，」首輔繼續說，「我的職責帶領我走過許多陰險之處，但這裡也許是我到過最陰險的地方。今晚，我將帶領民兵部隊前往陰險門，出其不意地攻下那支秘密軍隊。以七靈神之名，我們將擊敗那些威脅著美麗城市的殘酷炸彈客！」

「為首輔獻上三聲喝采！」指揮官大叫，「萬歲！萬歲！萬歲！」

民兵部隊和神聖護法滿腔熱血地加入喝采行列，記者們停止書寫，用本子拍打雙腿，並用力地跺腳。

在喧鬧聲包圍下，首輔彎下腰。歌蒂聽見他對霍普護法和維秋護法說，「帶這兩個小頑童到看管中心，我要他們給牢牢鎖住，再也逃不掉。」

霍普護法從腰間卸下懲罰鏈，然後銬在歌蒂的手腕上，「跟我走，」她說，「別再給我惹麻煩。」

歌蒂匆匆看了阿沫一眼，飛快比劃出一條訊息。一定要阻止首輔！拯救布魯！想辦法逃出去！

阿沫也快速回應。沒錯！到……到首輔的舊辦公室會合！午夜！

「讓開！」霍普護法大叫，「給這兩個精神異常的孩子讓出一條路！」

記者和神聖護法紛紛讓開。最後，在歌蒂被人群淹沒之前，她轉身面向阿沫，像是道別一般擺動雙手。好！首輔的舊辦公室！午夜！

陰險門後方的一座小型帳篷裡，歐嘉．西亞佛嘉正閉著眼睛側躺一旁，手腳雙雙被捆綁。丹先生坐在她旁邊，兩人十指緊扣。

「妳醒了嗎？」他輕聲說。

她捏了捏丹先生的手，沒有睜開眼睛。

「我一直在想，我們還是孩子的時候。記得第一次看見妳從那艘大船走下來，妳就像個公主一樣。」

歐嘉．西亞佛嘉壓低嗓子自嘲地說，「一個蓬頭垢面、營養不良的公主，身上還有跳蚤。」

一陣沉默之後，丹先生嘆道，「我們倆一路走來，可經歷了不少事啊。」

聽到這句話，歐嘉．西亞佛嘉睜開眼睛，憤怒地抬頭看著他，「你在練習我葬禮上的弔文嗎？你以為我會這麼容易進棺材嗎？我們還沒玩完呢！」

儘管危機四伏，加上疼痛的斷腿，丹先生卻發現自己在微笑。

「我們何不唱歌呢？」歐嘉．西亞佛嘉問道，「難道我們非得把所有的工作交給西紐和孩子們嗎？」

丹先生已經壓低聲音唱了一天一夜，狂野音樂卻有越來越高漲的跡象，然而他還是點點頭，「吼喔喔——喔，嗯嗯喔喔喔——喔喔——」他唱了起來。歐嘉．西亞佛嘉的聲音跟著加入，「嗯嗯喔喔喔——喔喔——」

突然間，整個世界似乎——天搖地動。

丹先生嘴巴張得老大，第一首歌就像魚刺一樣卡在喉嚨。他從歐嘉．西亞佛嘉的眼中看見自己的恐懼。

帳篷外傳來沉重的腳步聲，布帷被拉了起來。一位士兵低頭走進，歐嘉・西亞佛嘉的方巾半露在他的口袋外。

他對丹先生咧嘴一笑，「尼還好嗎？」他用濃濃口音說，「尼的假期過得愉快嗎？有睡飽嗎？食物好吃嗎？」他大笑，「如果尼回家，告訴大家這個好地方，每個人都會想果來這裡，我說得沒錯吧？是嗎？哈哈！」

他用鞋子踢了踢丹先生，丹先生毫無反應。他和歐嘉・西亞佛嘉自幼就知道這些士兵的德性，當時法魯魯納島上處處有他們的行跡，強取掠奪、殺人放火，從不留一絲寬容或慈悲，與他現在所見的相差無幾。

他閉上眼睛，知道這首歌毫無用處，博物館已經不再聽他們的話了，但是歐嘉・西亞佛嘉是對的，他們絕對不能放棄。他再次唱起歌，聲音輕柔得幾乎悶在嘴裡。

「尼在左什麼？」士兵說，「尼在睡覺？夢到尼的女朋友？尼盡量睡吧，睡飽一點，因為明天——」

他走向帳篷外，「明天我們就要殺掉尼們，尼和這個老小姐。天一亮我們就動手。」

23 看管中心

雄偉大門在歌蒂背後猛地關上，鐵幕鏗鏘落下，餘音迴盪圓石砌成的庭院。外頭天色甚早，但看管中心高牆內的天空卻是既黑暗又陰沉。

「別在那兒磨蹭！」霍普護法用力扯著懲罰鏈，「我還有重要的事情要做，沒時間陪妳看風景。」

歌蒂跌跌撞撞走向庭院盡頭那棟若隱若現的高大建築物。房子乍看之下甚是愜意，門口燈光柔美，有舒適的弧形陽台和典雅的高窗。然而當歌蒂越走越近，她卻看見窗戶被木板交叉封住，陽台上則散滿碎玻璃。

淡淡絕望感揪住了歌蒂的心。她把手放進口袋，緊緊握住藍色小鳥。我一定要逃出去！我會逃出去的！我會的！

霍普護法強行帶她走上樓梯，進入前門，宛如劊子手帶囚犯上絞刑台一樣。大廳裡出現另一位護法，他的頭頂全禿，像隻蟾蜍蹲坐在桌子後方。

「歌蒂．羅絲，罪行逃家。」霍普護法厲聲說，「兩隻腳都銬住，沒有例外。」她解開懲罰鏈，不多看歌蒂一眼便兀自離開。

接下來的半小時一片模糊。歌蒂被帶進大廳，走過一條又一條長廊，有時候身旁跟著一個神聖護法，有時候是兩個。一路上，她的名字不再是歌蒂．羅絲，而是第六十七號逃亡者。

她被推進長廊盡頭的一間潮濕水泥房，並告知得脫掉身上所有衣物。她脫衣服的同時，腦中聲音低語，那把剪刀。

歌蒂胡亂摸索上衣，一副難以把手伸出袖子外的模樣。一位護法抓住她，一邊幫她把上衣東拉西扯，一邊抱怨小孩竟是如此笨手笨腳。趁著一陣手忙腳亂，歌蒂把剪刀藏在手心，如同丹先生教過的那樣。

接著她被拉去沖冷水澡，皮膚被刷洗得疼痛不已，但剪刀始終藏在手心。當她終於乾燥整潔之後，原本的衣服已經被拿走，取而代之的是一件灰色罩衫和一條緊身綁腿褲，味道聞起來彷彿被上百個孩子穿過，而每個孩子都憂鬱致死似的。

「喔，瞧瞧，是個好東西。」一位神聖護法拿著歌蒂的藍色陶瓷胸針說。

「那是我的！」歌蒂說。

「不對，」神聖護法說，「這曾經是妳的。飛走吧，小小鳥！」她把胸針放進袍子口袋裡，又拿起歌蒂的羅盤，「我想這也是妳的囉？這個嘛，羅盤妳可以留著，反正在這裡也不會有什麼用處。」

她發出難聽的大笑聲，走在另一條走廊時，一路上又斷斷續續地持續嘲諷。最後他們來到一扇實木大門前，門上架了一條黑色門閂。

護法拉開門閂，把門推開。「安靜！」她叫道，雖然房間根本沒有半點聲音，「不准說話！

如果想保留特別待遇，全部把頭低下！」

房間很長，大約有二十個左右的床架排放牆邊，大部分的床位似乎都被佔用了。神聖護法帶著歌蒂穿越中間走道，捉住她的後頸防止她東張西望。護法走到一半，停下腳步，把歌蒂推向一張空床，床上鋪著灰色床罩和毯子。「歡迎來到妳的新家。」她說，再次發出笑聲。

床頭牆上有一個鐵製鉤環，鉤環上掛著腳鐐和鎖鏈。神聖護法取下腳鐐，啪一聲扣住歌蒂，她的雙腳立刻被類似老虎鉗的東西夾住，幾乎無法動彈。護法再拿出鎖頭穿過腳鐐上的洞。「兩道鎖！」她說，「因為妳太壞了！」

她從口袋拿出一塊名牌，掛在鐵環旁的鉤子上，接著袍子一掃，邁步走回門邊。

「晚安，晚安，睡個好覺，」她說，「小心別被毛蜘蛛咬！」隨著最後一聲嘲諷的笑，她用力關上大門，鎖上門閂離開了。

歌蒂坐在床上，一手抓著羅盤，一手握著剪刀，全身感到又冷又麻，腳鐐彷彿要把她扯下地面似的。房間另一邊，有人啜泣起來，聲音聽起來絕望又害怕。

「噓，蘿西，」附近一個聲音低語道，「這裡沒有毛蜘蛛啦，妳知道她這麼說只是為了嚇唬我們。」

「我倒希望這裡有毛蜘蛛，」另一個聲音說，「這樣我們就可以訓練牠們去咬布利斯護法。」

一陣微弱笑聲輕輕迴盪整個房間，然後漸漸消失。某處傳來鏈條的鏗鏘聲，啜泣聲愕然停止。

「妳叫什麼名字？」

是那個說著要訓練毛蜘蛛的聲音。歌蒂張望房間，屋內唯一光線來自一盞微弱檯燈，火光搖曳不定，冒著黑煙，好似隨時會熄滅。我就像那盞燈一樣，歌蒂心想。

「她是逃家的孩子！」另一個聲音嘶聲道，「她的名牌上面這麼寫的！」

「逃家？我不相信。」

「名牌上寫的，快看啊！」

「我還是不相信。」

「我們以前從來沒有碰過逃家的孩子！」

「你覺得她身上會有食物嗎？」

「喔，如果有就好了！熱呼呼的香蕉蛋糕！」

「芒果奶油蛋糕！」

「杏仁蛋糕！」

私語聲像老鼠一樣在房裡來來回回。歌蒂的眼睛現在漸漸適應微光，她算出有二十三個女孩坐在床邊，正盯著她看。最年輕的不超過三、四歲，年紀最大的約十五歲，每個孩子看起來骨瘦如柴、楚楚可憐，但是眼神充滿好奇，而且似乎十分友善。她們全都戴著守護鏈，有些人也同樣銬著腳鐐。

「妳叫什麼名字？」發問的是個黑髮小女孩，她在對面約四張床外的距離。

這次歌蒂回應了她的問題。「歌蒂．羅絲。」

「歌蒂．羅絲。」「歌蒂．羅絲。」名字在房裡不停往下傳，女孩們一個個交頭接耳，聲音消失在盡頭的陰影。

「妳真的逃跑了嗎？」黑髮女孩似乎代表其他人發問，她並不是當中年紀最長的，但是即便在昏暗燈光下，歌蒂也能清楚看見她臉上明亮又帶點固執的表情。

「當然沒有啦，邦妮。」歌蒂右邊床上的女孩說，她是裡頭年紀最大的，「沒有人能逃得了，這是不可能的。」

「誰說不可能，」邦妮說，「芊德，我之前就跟妳說過了。而且這塊名牌可以證明。」

「證明什麼？」芊德說，「神聖護法可能寫錯了，又或者他們只是懶得再寫『危險』這兩個字。」她指了指自己的名牌。

歌蒂不耐煩地搖搖頭，「沒有寫錯，我的確逃跑了。」

邦妮發出心滿意足的嘶聲，「我就說吧！」

「我不是故意的，」歌蒂說，「我只是——當時我正準備分鏈，結果因為炸彈的關係讓他們改變主意，所以我就跑了。」

她赫然發現自己當初根本無須在意，因為到頭來結局都一樣。現在的她淪落至此，比以往鎖得更緊。布魯可能會流血致死，西紐和阿沫又被逮捕，還有，歐嘉．西亞佛嘉和丹先生更有可能早就死了——加上如果西紐說得沒錯，剩下的人也很快就要被毀滅。

她的四周又竊竊私語了起來。

「布利斯護法跟我們說過那場炸彈攻擊，有二十個小孩死掉！」

「還有二十個小孩斷手斷腳！」

「還有二十個小孩眼睛瞎掉！」

「布利斯護法說炸彈客有可能很快就會回來——」

「——而且他會尋找新的目標——」

「——找個他可以一次殺死一堆小孩的地方！」

「像是看管中心！」

蘿西又焦急地哭了起來，就是那位害怕毛蜘蛛的女孩，「是真的嗎？炸彈客會來這裡？」

歌蒂不想再多說什麼，「不會，」她不耐煩地說，「而且那場攻擊只有一個人死掉。」

「看，我就說吧。」邦妮再度開口，環視著房間，「這就跟毛蜘蛛的道理一樣，我們不可以相信他們所說的一切，不會有可怕的東西來抓我們，或者這麼說吧，至少不會有比布利斯護法更可怕的東西。」

又一陣微弱笑聲響起。

待在這種地方怎麼有人笑得出來？歌蒂心想。她把剪刀和沒用的羅盤丟在床頭櫃上，拖著腳鐐爬上床。她閉上眼睛平躺，努力不去聆聽一連串砲轟而來的問題。

「妳是怎麼逃跑的？」

「妳去了哪裡？」

「一個人待在街上是什麼感覺？」

「妳都吃些什麼？」

「對啊，妳都吃什麼？」

「妳想念妳的媽媽嗎？妳有哭嗎？」

「是我的話，我一定會哭。」

「妳在外頭遊蕩了多久？」

「我想知道她都吃了什麼！」

那個名叫芊德的女孩輕蔑大笑，然後說，「別告訴我妳們全都相信她？我覺得整件事都是她捏造出來的。」

歌蒂有點惱怒，她盡可能不去理會，生氣有什麼用呢？她什麼事情也做不了。

「沒有人可以逃走，」芊德繼續說，「第一個看到妳逃跑的人一定會去告發，肯定會的，每個人都怕極了護法。我猜她是間諜，護法把她放進這裡好挖出我們的秘密。」

歌蒂不想移動，她只想麻木地躺著，不去想任何事情。

她坐起身子。「我為什麼要在乎妳那些愚蠢的秘密？」她厲聲說，「現在外面正發生一些妳根本無法了解的事情！可怕的災難就要來了。」

她停頓，想起西紐說的話。陰險門另一端所有東西都將破門而出，並湧入城內，像是戰爭、饑荒、瘟疫等所有古老災難。成千上萬的人民會死亡，城市將會殞落。

「我是說……有可能會來臨，」她說，「如果沒人去阻止的話。」

「可怕的災難是什麼意思？」邦妮說。

「就像那些炸彈客嗎？」蘿西小聲地說，「可是妳說過炸彈客不會來的！」

「那麼誰要去阻止那個……管它是什麼的災難？」芊德諷刺地說，「是妳？我猜對了嗎？」

成千上萬的人民會死亡，城市將會殞落。

歌蒂深吸了一口氣，「沒錯，是我。」她說，「還有阿沫，我們必須阻止這一切。」

話一說出口，她就知道自己是對的。現在已經沒有時間絕望，西紐、歐嘉．西亞佛嘉和丹先生對她一定有更多期許，她必須變成夜裡揹著弟妹逃亡的那些孩子……

「阿沫？」邦妮說，臉上露出奇怪的表情，「誰是阿沫？」

「一個男孩。」歌蒂說，「另一個逃家的孩子。」

「他長什麼樣子？」

「喔，有點矮小，黑黑的，我想年紀和我一樣大吧。他的脾氣很差，可是很有義氣，而且很厲害，如果他與妳同一陣線的時候倒是個優點。他真正的名字叫康森納瑞，不過我覺得一點也不適合他。」

邦妮聽見這番話，表情立刻如燦陽般綻放。「我就說吧！」她對其他女孩眉開眼笑地說，「我哥哥還活著！」

24 鎖頭

「布利斯護法跟我說他可能已經死了，」邦妮說，「或是被騙子納金和魯伯船長抓走，這幾乎跟死了沒兩樣，但是我一直都知道他會沒事。」她大笑，「而且他改了他的名字，就像他說過的那樣！阿沫！的確像是他會取的名字。他人在哪裡？喔，我真希望可以看看他！」

「他也在這裡，看管中心。」歌蒂說，「他和我是同時被抓的。男生都關在哪裡？」

「在後面。」左邊床上的女孩說，「我哥哥在那裡，有時候我們會透過庭院看到對方，但僅止於此。我們不准和對方說話，或是招手什麼的。」

「我要招手，」邦妮說，「我不管布利斯護法會怎麼懲罰我。我要招手、呼喊，還要大叫阿沫。我要開始練習了，這樣才不會忘記。阿沫、阿沫、阿沫！我賭他也會對我招手叫喊。」

現在歌蒂看出這兩個小孩的相似之處了，她很驚訝之前竟然沒有注意到。

「很好很好，」芊德說，「但是我想知道更多有關這個災難的事情，而且她——」手指著歌蒂「——她以為她能做什麼？她可是被鎖上兩道鎖困在這兒！」

「嗯……」歌蒂說，「我會逃跑——」

「喔，是嗎？怎麼逃？」芊德一臉懷疑地坐著說。

歌蒂看看她的腳鐐，再看看緊緊閂住的大門和陰暗的鐵窗，心一沉，不知道該如何著手。遇到這種情況歐嘉‧西亞佛嘉會怎麼說呢?可能是些理智的話，像是：「孩子，要事第一。先擺脫腳鐐，再去擔心剩下的事。」

歌蒂扭動雙腳，腳鐐上的鎖頭碩大無比，跟以往解過的鎖大不相同，她甚至不確定解鎖方法是否一樣。

屋外某個地方，鐘聲開始響起，聲音因厚牆阻隔而稍嫌微弱，但是依然可以聽出那是大禮堂的鐘聲。噹——噹、噹——噹，噹——噹、噹——噹。音調忽低忽高。

接著是一陣沉默，然後巨大鐘擺開始報時，噹、噹、噹、噹。歌蒂默數著，四、五、六、七、八、九、十……

她等待下一記敲鐘聲，但鐘聲已然停止，現在是十點鐘，如果要與阿沫會合，她只剩下兩小時的時間逃離看管中心，並且到達首輔的辦公室。

她深吸一口氣，盡力拋開腦中疑慮。「我要解開腳鐐上的鎖，」她說，「我有一把剪刀——」

周圍床鋪發出一陣驚呼，「她有剪刀!」

「——但是我還需要別樣東西，細細硬硬可以讓我彎曲的東西，例如鐵絲什麼的。」

大家一臉茫然地看著她。芊德喃喃地說，「那麼我要一塊魁納獸的烤腿肉，還要擺在銀盤上。」

「等一下，」邦妮盯著房間的盡頭說，「小乖，妳的髮夾呢?」

小乖是個臉色蒼白的女孩，有一頭金色長髮，「喔，很久之前就被布利斯護法拿走了，她一個一個地數，確保自己沒收了全部的髮夾。」

邦妮的臉垮了下來。

「可是，」小乖一邊說，一邊摸索床底，「她的算術不太好。」她舉起某樣東西，露出大大的笑容。

「傳過來！」邦妮低聲說。髮夾小心翼翼地一床接著一床遞了過來，一直傳到歌蒂手上。

這和她想的不太一樣，但也只能將就試試。她把髮夾扳直，再把一頭抵著床邊弄彎。她花了一段時間才搞定，但最後對成果感到滿足。

歌蒂把一面刀刃插入鎖孔，輕輕轉動。她感覺到鎖頭內部也跟著轉動起來，接著她把髮夾彎曲那頭插入刀刃上方的空隙，開始幹活。

歌蒂解鎖時，所有女孩都安靜無聲，她隱約聽見大家的呼吸聲，但是依然全神貫注在髮夾外那圈小小鎖孔。

她一會兒把髮夾往後推，一會兒慢慢往回拉，就像歐嘉・西亞佛嘉示範過的那樣。她又重複一遍，想辦法至少推開一根管子。她又戳又捅，彷彿想在充滿坑洞和陷阱的黑暗隧道裡，找到一條出路。大禮堂的鐘正滴答滴答地走向午夜。

過了一會兒，她閉上眼睛。不知怎麼的，這樣一來鎖頭裡的動靜清楚多了。她停止拉扯，靜下心來推動一根根管子，終於她感覺到第一根管子被舉起，發出微弱的一聲喀。

她滿意地咧嘴一笑。有人低聲說，「她成功了嗎？」又有人低聲說，「噓！」

第二、第三根管子就簡單多了，喀、喀，但是無論她多麼用力推，第四、第五根管子就是文風不動。

歌蒂握著剪刀的左手漸漸抖了起來，她睜開眼睛才赫然發現自己已經將近三十秒沒有換氣了，趕緊深吸一口氣再慢慢吐出。房裡每個女孩都昂首期盼地看著她，彷彿她所解開的是自己的腳鐐。

「我需要幫忙。」歌蒂對芊德低聲說。

芊德略顯猶豫，她不似其他人那般懷抱希望，但過了一會兒，她跳下床，從兩床中央的空隙拖著腳走來，走到一半，腳上鏈子突然一把扯住她，她小心翼翼地轉身，把銬住的那隻腳向前伸，侷促地坐到歌蒂床邊。

「妳要我怎麼做？」她輕聲說。

「拿著這把剪刀，」歌蒂說，「維持這個姿勢。如果妳放手了，我就得全部重來一次。」

她非常謹慎，一點一點移開手指，好讓芊德有空間抓住剪刀。

「我抓住了。」芊德對歌蒂咧嘴一笑，充滿信心地說，「來吧！我想看看布利斯護法發現有人逃走後的表情。」

歌蒂重新開始幹活。現在她不需要顧慮那把剪刀後，工作就輕鬆多了，但鎖頭最後兩根管子依然難以處理。她咬著牙又戳又捅，髮夾另一頭都已深陷手心，兩根管子還是毫無動靜。

她沮喪得幾乎要全盤放棄，只剩兩根了！怎麼會發生這種事？突然間她想起歐嘉・西亞佛嘉教過的一個小訣竅。

「妳得把剪刀往回轉，只能轉一點點，」她對芊德輕聲說，「別轉太多！」

芊德的手微微移動，歌蒂把髮夾往裡推，有東西動了一下！她更用力一推，手掌都刺得疼了，一滴濕潤液體從手掌流下，她擦了擦衣服，又試了一次，第四根管子被抬起，她聽見『喀』的一聲。

「只剩一根了。」她說，消息傳遍整個房間，「只剩一根了！」「只剩一根了！」「只剩一根了！」

一旦解開了第四根管子，最後一根管子似乎也放棄掙扎。僅僅不到幾分鐘的時間，第五根管子同樣喀的一聲打開了。

歌蒂不斷提醒自己要記得換氣。髮夾刺穿的傷口不停流血，她擦了擦手，繼續集中注意力，提醒自己下一步該怎麼做。有那麼一會兒，她的腦袋突然一片空白，但很快又恢復意識。

「現在妳得轉動剪刀。」她對芊德說。

「哪個方向？」

「順時鐘！等等，也許這把鎖不一樣！不對，是順時針！我想想——是順時針沒錯！」

芊德的手握得很緊，指節都泛白了。她順時針轉動剪刀……

隨著一聲喀啦，歌蒂的腳鐐立刻打開。其中一個小女孩尖聲叫了出來，其他人馬上噓聲說，「噓！」

歌蒂不敢相信自己竟然成功了，房裡幾乎每個人都面露喜悅。

但是芊德顧慮重重地搖著頭，「她還得打開房裡的門，光靠髮夾是絕對做不來的。」

「她當然做不來，」邦妮對歌蒂咧嘴一笑，「所以我們必須找布利斯護法來幫她開！」

25 與禿神索克的交易

歌蒂蜷曲在最接近門口的床底下，緊張得全身僵硬。她用枕頭和床單在床上做了一個模糊人形，並覆蓋在灰色毯子底下。她不確定邦妮的主意能否奏效，但她想不出更好的點子，而且時間不斷在流逝。

她咬著指甲，好奇阿沫是否已經順利脫逃。她摸了摸口袋的羅盤，想起爸媽，內心因愛和擔憂而揪痛起來。

「啊——」宿舍裡傳來一聲不絕於耳的尖叫，接二連三地，房裡幾乎每個女孩都扯破喉嚨尖叫起來。歌蒂摀住耳朵，祈禱有人能快點趕過來。

的確有人趕來了。

「安靜！安靜！」布利斯護法出現在敞開的門口，表情氣得走樣。歌蒂沒有聽見門閂鎖上的聲音，只從尖叫聲中聽見布利斯護法的聲音，而現在又夾雜了許多驚慌言論。

「是那個炸彈客！我在窗邊聽見他了！」

「他要來抓我們了！」

「他要把我們全都殺掉！」

「啊——」

「啊——」

「啊——」

「給我安靜，否則取消妳們所有人的特別待遇！」

尖叫聲立刻停止，但每個人還是不停地高聲說話，並且全都待在歌蒂蜷曲之處的對面。

「讓她的注意力維持在這個方向，」邦妮先前說過，「不要讓她太接近看著歌蒂的床，或是看著門口。」

蘿西叫得最大聲。「我聽見他了！」她尖聲叫道，「就在我的頭上！他說他要殺掉我們！」

布利斯護法憤怒地跺著地板。「這是什麼無稽之談？妳們聽見什麼了？」

歌蒂從床底下偷偷溜出來，開始躡手躡腳地朝門口走去，安靜得像片影子。

小乖在房間盡頭哭喊著，「我也聽見他了！他就在窗戶旁邊，聲音很低沉，而且他說他要吃掉我們！像懶惰貓一樣一口一口把我們吃掉！」

「像拉姆怪才對，他是這麼跟我說的！」另一個女孩哭喊著，「就像萬獸橋上的那隻！」

大家又重新尖叫起來。「安靜！」布利斯護法大吼，「否則給妳們所有人鎖上兩道鎖！現在，誰可以跟我解釋一下發生了什麼事嗎？」

歌蒂輕鬆溜出門外，身體緊緊貼在外面的牆上。她聽見身後房裡的邦妮說，「喔，老天啊，她們在作夢！蘿西，妳剛才睡覺的時候一直抽搐，接著就突然坐起來尖叫，其他人似乎全被感染了。現在趕快閉嘴回床上睡覺，妳們何不——」

歌蒂在走廊上爬行。雖然她正身處危險，但是一想起邦妮的計畫便不由得微微一笑。

「我們不能讓護法知道有人逃到外頭，」邦妮先前說過，「否則他們會有所提防，而歌蒂也永遠出不了庭院。」

歌蒂猜邦妮很久之前就計畫過這條逃亡路線，只是一直沒有機會付諸行動。阿沬一定會為他妹妹感到自豪。

她離宿舍有段距離之後，便停下腳步確認自己的所在位置。這並不容易，看管中心幾乎跟博物館一樣複雜，差別在於博物館充滿奇珍異獸，而這個地方則有種陰森、詭譎的氣氛，四周的高牆彷彿不只用於隔音，也用於阻隔思想。

然而，歌蒂腦中的聲音依然沒有讓她失望，毫不猶豫地帶她穿過許多昏暗長廊。

這個方向。

不是那裡。

不，別穿過那裡，很危險。改走這條路。

她尋找後門，最後好不容易找到時，門前卻有兩個神聖護法精神抖擻地在站崗，樣子相當機警。歌蒂只好再次無聲無息地溜走。

她也嘗試了許多窗戶。然而即便有許多破窗，鐵欄杆卻個個又新又堅固，而且間距靠得非常近，就算是個嬌小的孩子也擠不過去。不久後，歌蒂宣告放棄，爬回房子前廳。

前廳的地毯厚實又華麗，燈光也很明亮。歌蒂在這裡，步伐可是前所未有的謹慎。她經過的每個房間都放置了許多扶手椅和舒適沙發，有些房間還供奉了七靈神聖壇，但是窗戶同樣都裝上了鐵欄杆，無法攀越。

她徐徐向前爬行，一步步接近大廳，一邊觀察四周。前門就只有幾步之遙了，然而那個貌似蟾蜍的護法仍在桌子後方，彷彿沒有事情能夠撼動他的模樣，加上大廳燈光過於明亮，任何一招藏匿術都不可行。

歌蒂心情沉重地爬回走廊，溜進一間大門敞開的房間，把門拉上。

「就因為我還沒找到出口，」她嚴厲地告訴自己，「不代表這是不可能的，西紐會怎麼做？歐嘉．西亞佛嘉會怎麼做？此時此刻，阿沫正在做什麼？」

這個房間的沙發張張碩大無比，上頭鋪著坐墊。鐵窗很堅固，房間盡頭供奉了一座禿神索克的聖壇，四周圍繞著燃燒的蠟燭，還有一疊手寫笑話和其他供品。

歌蒂若有所思地走向聖壇，據說禿神索克是七靈神中最值得信任的。當然祈求他的幫助依然是個風險，但是……

「偉大崇高的索克，禿中之王。」她知道七靈神都喜歡被奉承，「我身上沒有供品——」她停了下來。其實她的確有樣供品，而且事實上，她有兩樣。她摸摸口袋，拿出羅盤和剪刀，左看看右看看，盤算著該交出哪一樣才好。羅盤是爸媽贈送的禮物，想到要把它送出去就覺得難受，但是剪刀也許更有用處。

歌蒂趁自己還沒改變決定，伸手把羅盤放在一堆供品上。她的手掃過一張紙片，紙片落了下來，露出覆蓋在紙片下的她那枚小鳥胸針。

歌蒂急忙抽手，手中依然握著羅盤。「我……我身上沒有供品，」她又說一次，「不過我願意和祢交換東西。」

她屏住呼吸，希望禿神索克不會立刻修理她。不過他是厚臉皮之神，她心想，我這麼做，他應該會很高興！

「一場交易。」她鼓起勇氣，盡可能堅定地說，「祢得到羅盤，我得到胸針，好嗎？羅盤比胸針有用多了，表示這場交易祢佔了便宜，所以如果祢能告訴我如何不被逮住而逃出這裡，我會感激不盡。」

她有種奇怪的感覺，竟然和其中一位七靈神做交易。她再度伸出手，這次改雙手奉上。她放下了羅盤——然後把胸針撿起。

她屏息以待。

遠處隱約響起腳步聲，歌蒂聽見一聲吼叫，以及懲罰鏈沉重的鏗鏘聲。腳步聲越來越近，一個男孩用略帶沙啞的稚嫩嗓音唱起歌來，「越過海——洋，離去。越過大海，離去——」

接著傳來甩門聲和叫嚷聲。歌聲停了下來，但只安靜了一會兒，等到歌聲再度響起，又加入了更多聲音，每個人都扯破了喉嚨大聲唱，「——我要離去，去內心嚮往之處，去愛情盼望之處。」

歌聲暫停，一個大人聲音憤怒地說，「你們這些小惡霸，盼望著你們的不是愛情，是懺悔之家！蓄意破壞公物，危害他人生命安全，喔，你們去定了，去定了！」

鏗鏘、鏗鏘、鏗鏘，懲罰鏈拖曳著。「親愛的，我走了那麼久，遠行世界各地——」他們唱著。

歌蒂沿著牆壁緩緩移動，輕輕把門打開。外頭一片鬧哄哄，又是推擠，又是鎖鏈的鏗鏘聲，突然間面前的走廊擠滿了男孩，成群地走上走下，一會兒撥弄鎖鏈，一會兒高聲歌唱。他們所有人都比歌蒂年長，穿著和她一樣的灰色罩衫和緊身綁腿褲，一群人之中還有兩位神聖護法。每個人身上都籠罩一股燒焦味。

沒時間猶豫了。歌蒂見不著阿沫，但她確定他一定就在某個地方。她向禿神索克低聲說了一句『謝謝』，接著踏進走廊，迅速躲進兩個男孩中間。

有那麼驚險的一刻，歌蒂身旁的兩個男孩疑惑地看著她，歌聲猶豫地發顫起來——

接著他們熟練地圍住她，唱起歌來，歌聲比以往更響亮，傳上高聳的天花板又反射回來，「三年船上的生活，三年奴隸的生活——」

大夥兒一股腦地進入大廳，一群又笑又叫又唱的烏合之眾。領著他們的護法同樣又吼又叫，只有歌蒂保持安靜，蜷縮在兩個吵鬧的高大男孩中間，彼此的上衣顏色混在一起，脈搏在耳邊怦怦作響。

「怎麼回事？」那個像蟾蜍的護法叫道，「這麼晚了你要帶他們去哪裡？」

「他們放火燒了自己的床！」其中一位護法叫道，「不知道他們發了什麼瘋！我正要帶他們到懺悔之家去！」

「我需要他們的名字！」

「如果時光可以倒轉——寶——貝，如果人生可以重來——」

「看在大木神的份上，我回來之後再把名字給你，我再也受不了這些可怕的胡鬧了！」

於是男孩們、歌蒂和兩位護法一起湧出看管中心的前門，穿越庭院，出了雄偉大門。

大家一走上街道，歌蒂便立刻溜進陰影中。現在男孩們已經停止歌唱，開始胡鬧，不是躺在人行道上，就是爬到對方肩上，或者做一些礙於懲罰鏈根本做不來的事情。歌蒂留心尋找阿沫，卻到處不見他的蹤影。

護法終於讓男孩們恢復一點秩序，往懺悔之家出發。歌蒂鬆了口氣，感到有些腿軟。她成功逃出來了！

然而她也非常擔心阿沫，她確定那些吵鬧的男孩一定是為了分散注意力而放火燒床，好讓阿沫無聲無息地逃脫，但是他人到底在哪裡？也許他早就走了，也許他早就在首輔辦公室的外頭等她！

今天是滿月，水煤路燈在街上閃耀光芒。大禮堂開始敲鐘報時，十一點三十分！

歌蒂咧嘴一笑。「布魯我來了！」她低語，「阿沫我來了！」接著她轉身面對老奧森納山，奔馳而去。

26 午夜時分

首輔荒廢的辦公室位於老奧森納山的半山腰。辦公室前方有片廣場，首輔的雕像佇立其中。歌蒂蹲在雕像後方，偷看這片破瓦殘礫。

辦公室裝上了臨時水煤燈，破碎門窗和變形欄杆看得一清二楚。六名國民兵手持步槍，神情警惕地站在樓梯中央。布魯就躺在他們腳邊，被一堆繩子五花大綁，黑色毛皮顯得塊塊分明。一條皮帶捆住他的下顎，另外還有三、四條皮帶負責把他固定在欄杆上。

然而，即使做好了萬全措施，國民兵依舊相當緊張，個個發冷似的直跺腳，並嘴角微開地竊竊私語。在水煤燈下，他們的眼白閃閃發亮。

歌蒂一直相信阿沫會站在山頂上等她，但是從遠處往樓梯看去，一切寂靜無聲，唯一聲響是士兵發出的煩絮腳步聲。她目不轉睛盯著陰影處，眼睛都發疼了，卻還是不見阿沫的蹤影。

噹、噹、噹、噹。大禮堂的微弱鐘聲在山間迴盪，現在正是午夜十二點，對面廣場上的士兵交換了站哨位置。

歌蒂咬著嘴唇。「快啊，阿沫！」她低聲說，「快來啊！」

她的右腳開始發麻。她小心翼翼地伸展，然後再次克制自己不要輕舉妄動。她可以聽見胸口的心跳怦怦作響。怦通、怦通、怦通。

一名士兵打了個噴嚏，另一名士兵對這突如其來的聲音咒罵一句。布魯宛如死屍般動也不動地躺在地上。

怦通、怦通、怦通。

歌蒂告訴自己，她的心跳跳到六十下以前，阿沫就會出現。一、二、三……

就在快要數到六十下時，她又把數字調高到一百下，然後是五百下，然後是一千下……

阿沫始終沒有出現。

歌蒂知道她必須獨自救出布魯，念頭至此，她幾乎想要一走了之。雖然國民兵不如陰險門後方的士兵嚇人，但他們又高又壯，而且是六對一的局勢，她該如何把他們從布魯身邊拐走，同時又有足夠時間切斷所有繩子呢？

她把額頭靠在石柱上，開始回想所有學過的技能。藏匿術、凌波微步、解讀腳步聲、說出可信的謊言、神不知鬼不覺地偷、大膽地偷。

她有種感覺，這項計畫必須搭配各種技巧，一個可信的謊言加上藏匿術，最後要大膽地偷……

她想起小乖和蘿西扯破喉嚨大叫的模樣。「他說他要吃掉我們！像懶惰貓一樣！」「像拉姆怪才對！」

趁著還沒失去勇氣，歌蒂站了起來。她像一縷輕煙，無聲無息沿著廣場邊緣爬行，回到了通往山下的街道。她在過來的路上，注意到街道旁有一面佈滿狹窄洞穴的磚牆。雖然深度不夠讓她完全躲進去，但也只能湊合著用。

她小心翼翼地塞進其中一個洞穴裡，想著看管中心的女孩——然後開始尖叫。

「啊——我被拉姆怪捉住了！我被拉姆怪捉住了！牠要把我帶走！我要被壓扁了！啊——」

她知道若是前一天晚上，這招絕對不會奏效。這些年頭，除了小孩以外，根本沒人相信拉姆怪的存在，不相信牠們傳說中的巨大身軀，不相信牠們吃掉獵物前，會滾動獵物讓肉質鬆軟的習性。以前也沒人相信暴風犬或殺戮鳥的存在，然而就在幾個小時前，這些士兵才剛見過牠們，還被狠狠攻擊一頓。

既然暴風犬或殺戮鳥都有可能跑出博物館，歌蒂心想，拉姆怪沒有理由不行。

國民兵顯然也是這麼認為。廣場方向傳來一聲喊叫，軍靴在石子路上鏗鏘有聲。

「是個女孩！」

「她的聲音是從哪兒傳來的？」

「樓梯上面！」

「她不在這裡！」

「她一定在這兒的某個地方！」

「你們到那邊找，我們走這邊。」

「這隻暴風犬怎麼辦？如果牠逃跑了，首輔會把我們全都殺了！」

「暴風犬逃不掉的！如果你看見那隻該死的拉姆怪，不要冒險，直接把牠殺了！但是別傷到女孩！」

軍靴朝歌蒂步步接近，她閉上雙眼，平緩氣息。

我是一面磚牆，我是一片影子，我無趣至極，什麼都不是……

士兵一個個從她身邊經過，往山下跑去。

歌蒂爬出洞穴，不等他們走遠就立刻跑到街道上。她橫衝直撞地穿過廣場，來到鐵欄杆前，手裡準備好剪刀。「布魯！」

暴風犬睜開眼睛。他的頭上有子彈擦過的血跡，嘴巴沾有乾掉的血。他抬頭望著歌蒂。

「你得幫幫我！」歌蒂嘶聲道，「他們很快就會回來了！」

剪刀十分鋒利，不到一會兒歌蒂就剪開了他嘴上的皮帶。正當她著手剪開繫在欄杆上的皮帶，布魯用牙齒扯掉剩下的繩子，繩子就如毛線般一咬就掉。

歌蒂聽見山下傳來一聲喊叫。「快！」她小聲說，「我們得趕快離開這裡！」

布魯雙腿僵硬，全身麻木。他搖搖晃晃地爬起來，又立刻摔倒在地。歌蒂想把他抱起來，但他實在太重。

「你不能把自己變小嗎？」她小聲說，「這麼一來我就可以揹你了。」

布魯搖搖頭，「這……不是我自己可以選擇的。」他喘息著說，「如果無法變小……我也無能為力。」

又傳來另一聲喊叫，這次更靠近了。

暴風犬用盡全力，拖著身子下樓。他走下樓梯後，停下來喘口氣，頭上的傷口流出鮮血。

歌蒂聽見國民兵上山的聲音，他們一邊奔跑，一邊呼喊對方的名字。她抱住暴風犬的頸子，「拜託，再試試看，布魯，拜託！」

布魯深深嘆了一口氣，搖搖晃晃試著站起來，一次，兩次，他搖搖頭。他的雙腳撐著石子地，持續往上伸，直到關節發出喀啦一聲。他的傷口仍在流血，但力氣似乎稍稍有所恢復。

他轉向歌蒂，雙眼如紅寶石般閃耀。他的四周黑得令人戰慄，「如果拯救城市是我們的使命，」他低沉地說，「我們現在就必須出發！」

27 叛變

首輔感到志得意滿。儘管那晚他闖入老姊的辦公室，發現了那樁重大秘密，他還是不敢完全相信陰險門的存在。

但現在就在這裡，就在他的眼前！更重要的是，大門無人看守，門戶大開！

在他身後，霍普和康佛正催促士兵把最後幾根釘子釘上木板。

老姊啊，妳的民兵部隊一路下來幫了大忙，首輔心想，不過我很快就用不著他們了……

他舉起手，召喚指揮官到他身邊。「我們離危險尚有一段距離，」他說，「我要你和你的手下再往前走個兩百步左右，設立一座觀察哨。我會給護法們下最後指令，接著再與你們會合。如果可以的話，留下一盞燈籠給我們即可。」

「是的，大人！」指揮官一個敬禮，便開始召集士兵，動作十分有效率——首輔心想，那些有的沒的閱兵遊行果然還是對他們有點用處，雖然換作是他的話，他不會排列如此緊密的隊形進入敵營。

民兵部隊穿越陰險門時，首輔向他們一一敬禮。但是他們離開不久後，他立刻側身退後三步，躲進大門後方。霍普依樣照做。

康佛沒有行動，他一直是兩人中較遲鈍的那個，就連第一記槍聲響起，接著第二聲、第三聲，然後是齊聲掃射，他依舊提著燈籠站在原地，震驚地張大嘴巴。

一顆子彈從背後將他擊倒。他發出一聲哽咽的哭嚎，當場死亡。槍聲赫然停止。

一片死寂。

首輔把手伸進袍子口袋，拿出一條白色大方巾和一塊銀條。他驚訝自己的雙手竟然在顫抖，趕緊保持鎮定，亦步亦趨往前走，拿著方巾在門邊揮動。

依舊一片死寂。

他另一隻手拿起銀條前後晃動，銀條在燈籠照射下閃閃發亮。

一個哽咽的聲音叫道，「進來！」

首輔等了一兩分鐘，好讓對方知道自己並不著急。他從陰險門的門邊走了進來，霍普緊跟在後。

他走沒幾步路就被某樣東西絆了一下。他低頭，倒在腳邊的是指揮官，制服沾滿鮮血，臉上的表情驚愕詫異，散落在周遭的則是其他下屬的屍體。

首輔的雙手又顫抖起來，他突然有股想笑的衝動。「看來我錯估了情勢，」他對指揮官的屍體喃喃自語，「我真心希望你能原諒我。」

他聽見一陣噪音，抬起頭，正好瞧見一群手持火把的士兵朝他大步邁進，就跟藍色小冊子裡描述的一模一樣。

他們是一群醜陋的惡霸，一群嗜血的野蠻人，一個也不例外。看看他們兇殘的臉和古老的制服！看看他們的刀劍、長矛和步槍！他們早在幾百年前就該死亡。就他所知，他們的確死了——只不過他從沒聽說過竟有如此臭氣沖天的鬼魂。

最重要的是，他們的舊式武器可都是真槍實彈。他對自己笑了笑，一切都照著他的計畫順利進行，在霍普做出任何蠢事之前，該是執行下一步計畫的時候了。他不想失去她，還沒那麼快，身邊有個隨用即丟的部下總是好事。

他一邊死盯著士兵，一邊拂去袍子前方沾上的鮮血，康佛的鮮血。他抬頭挺胸地說，「我是璀璨城的首輔，帶我去見你們的總司令！」

博物館一團混亂。歌蒂可以感受到牆壁在釘死的木板後面瘋狂掙扎，就像當初布魯試圖掙脫繩索一樣。腳下的地板動盪不安，到處都是玻璃碎片。

員工專用門已經完全脫落。歌蒂越過門，跑進後廳，然後突然停下腳步，被眼前景象給嚇壞了。

大部分的玻璃箱都被打破，沒破的箱子也凸了出來，看起來相當危險，像顆過度膨脹的氣球。箱內所有東西都雜亂不堪，戲服、盔甲和骷髏模型扭曲地發出格格聲，彷彿活了過來。舊式手術器材刮在玻璃上的聲音令她毛骨悚然。

布魯抬起巨頭，嗅著空氣，背上毛髮豎了起來。「他們破壞了陰險門！」他咆哮道，「豈有此理！」

他跳著跑開，歌蒂趕緊跟上。頭頂的燈光搖曳不定，一陣不祥的隆隆聲從地底傳來，四周牆面起起伏伏對抗著釘死的木板。

布魯在空曠大道的路旁等她。歌蒂最後一次見到那條溝渠時，底部僅有幾灘泥水，現在卻充斥又黑又髒、川流不息的河水，不停侵蝕著溝渠，並且湍急地濺出邊緣。有人用桌子和壞掉的展示箱造了一條橋。布魯大步穿越橋面，歌蒂跟在後方，努力不讓汙水沾到她。她沿著釘死的木板一路跑在空曠大道上，腳底沾上泥巴，荊叢勾住衣服，她只有用力扯掉，繼續往前跑。

木板一直延伸至哈里山的階梯下方。歌蒂扶著欄杆，準備要——

「等一下！」布魯嗥叫，嗅了嗅空氣，「有點不太對勁！」

歌蒂一聲苦笑，「所有的事情都不對勁！」但她還是停下腳步，一臉疑惑地看著暴風犬。

暴風犬越叫越大聲。歌蒂聽見一聲尖銳的噪音，突然一陣毛骨悚然——

樓梯上方有一隻巨鼠朝她緩緩爬下，骯髒的毛髮糾結不堪，牠的頭不停左右晃動，彷彿看不清楚似的。歌蒂驚恐地向後退，老鼠搖搖晃晃走下樓梯，在地上拖行了一小段路——然後倒了下來。

「牠怎麼了？」她小聲地說。

布魯憤怒得全身僵硬，「是瘟疫，瘟疫館開始活動了。」

經過這事之後，歌蒂再也不想爬上哈里山，但是她別無選擇，於是乎，她低著頭，眼觀四處，慢慢地、小心翼翼地開始往上爬。

她再沒看見其他老鼠，但是哈里山比以往更加陡峭，樓梯驟然隆起，又高又窄，宛如惡夢一般。不久後，欄杆逐漸消失，樓梯又開始大幅下降，一直向下延伸，彷彿沒有盡頭似的。歌蒂趴在地上，用四肢爬行，盡可能緊跟著暴風犬，並克制自己不要往外看。

她一度以為自己聽見槍聲，於是停下腳步，貼在牆上。木板和釘子刺痛她的背，布魯站在她上方的樓梯，憤怒地顫抖。

兩人快要到達頂端時，哈里山同樣憤怒地顫抖起來。

「它想要瞬變！」歌蒂驚呼道。

歌蒂說得沒錯。她腳下台階像暴風雨中的船一樣上下搖晃，釘子發出尖銳刺耳的聲音，卻仍然沒有辦法鬆脫。

「快！」布魯嗥叫。他三步併作兩步躍上最後幾階樓梯，朝著一扇門大步跑去，歌蒂跟隨在後。

「看啊！」她指著上方叫喊著。

他們正沿著仕女之哩奔跑，以往掛在天花板上方的旗幟不見了，取而代之的是一條條長麻繩，每條麻繩的尾端都是劊子手的圈套。

「快！」布魯嗥叫，「快點！」

歌蒂跑過仕女之哩，低頭閃避垂掛的圈套，穿過盡頭大門。下一刻，陰險門驀地映入眼簾，比以往更加靠近博物館的前廳。摩根在門上棲息，倒在摩根下方的是康佛護法，再過去一些，月光下如木頭般層層堆疊的，是一群國民兵。

全部的人都一命嗚呼。

歌蒂看著一群扭曲變形的屍體，震驚得目瞪口呆，她對此完全沒有任何心理準備。「希望他們死得不痛苦。」她小聲說。

布魯高聲嗥叫。

「噓。」歌蒂低語，彷彿那些死人只是在沉睡，而她不想把他們吵醒。

布魯又嗥叫起來。摩根發出短促的嘎嘎聲，飢餓雙眼死盯著康佛護法的臉。

「摩根，走開。」歌蒂說，「離他遠一點。」

殺戮鳥失望地嘎嘎叫，飛入黑暗中。布魯不耐地動來動去。「這些人都死了，」他說，「我們卻無法讓他們起死回生。如果我們想要拯救其他生命，最好動作快！」

「可是已經太遲了！」歌蒂說，「那些士兵一定早就衝出去了。」

「如果他們已經離開陰險門，」布魯說，「妳想我會聞不到嗎？」他搖搖巨頭。「不，這只是場小衝突，他們尚未行動。可是，」他嗅了嗅空氣，「現在軍營裡有事發生，首輔在那裡。」

「他在那裡幹嘛？」

「我不知道。」布魯說，「但我不會像隻初生小狗一樣在這裡畏畏縮縮，放棄任何可能阻止他的機會！」

首輔和霍普抵達軍營中心時，引起了一陣小小騷動。一個野蠻人走進一座大帳篷，裡頭大約有十幾個人左右，首輔可以從布帷上的影子看出來。

過了一會兒，帳篷傳出吼叫聲，聽起來像是古梅恩城的口音。一位軍官（從他的外套質感判斷而來）從布帷後方探出頭，橫眉豎目地看著兩人，然後縮回篷內。

又傳來更多吼叫聲，方才第一個野蠻人再次匆忙地走出來。

首輔自命不凡地挺直身子。他想過使出他的迷人笑容，但還是決定作罷。對這群人而言，微笑也許會被視為懦弱的象徵。

「我的好漢子。」他對野蠻人大聲地說，好讓帳篷裡所有人都可以聽得見，「我的好漢子，我來這裡是因為有任務在身。告訴你們的總司令，我有一項提議，這項提議可以讓他成為富可敵國的有錢人。」

野蠻人盯著首輔，一動也不動。帳篷裡傳來一陣低沉的說話聲，接著布帷忽然掀開，走出了另一位軍官。

不必說首輔就知道這位是至高無上的總司令。光看見那張兇殘、精明的臉，那不輕易妥協的表情，以及他出現時，其他士兵立正站好的模樣，就足以說明一切。

霍普緊張地咬嘴唇，首輔也同樣害怕，但他並沒有笨到表現出來。有一瞬間，他真希望自己身上帶了那把新劍，而不是把劍藏在懺悔之家，不過他很快又振作起來。這一刻他已經等了好久，所有計畫就是為了這一刻而做準備。

他停頓了一秒，品嘗勝利的滋味，然後向前走一步，伸出手來。「我是璀璨城的首輔。」他說，「我要你們去入侵我的城市。」

28 陰影

歌蒂埋伏在高草堆中，目不轉睛地盯著軍營，臉和手臂被泥巴塗得烏漆嘛黑，肚子則平貼在地上。布魯在她身後，如影子般輕盈。

距離黃昏至少還有五個小時，整座軍營卻如蜂窩般汲汲營營，忙得昏頭轉向。大夥兒在營火旁穿軍靴，把皮製水壺繫在腰間，一邊狼吞虎嚥地把食物塞滿嘴，某處傳來馬兒的嘶鳴聲，到處充滿戰爭氣息。

歌蒂正前方這片泥濘的對面有一塊磨刀石，一個袒胸露背的高大男人推著石頭滾來滾去，肌肉在營火下閃閃發光。

空中突然傳來一陣翅膀拍打聲，歌蒂縮了一下，摩根沙啞的嗓音從晚空飄然而至，「叛——變——叛——變——」

士兵們不安地竊竊私語。黑暗中，歌蒂身旁的布魯兩腿打著哆嗦。「摩根說得沒錯，」他說，「我也聞到了背叛的氣息，我聞到鮮血和金錢的渴望！」

他若隱若現地從草堆中站起來，聲音氣得發抖，「那我就把鮮血奉送給他們！我要衝進他們臭氣熏天的軍營！趁首輔毀掉所有人以前，把他的脖子扭斷！」

歌蒂可以感受到體內油然而生的憤怒，一種急於做些什麼的衝動，一種趁世界分崩離析前立刻做些什麼的急躁。她屏住呼吸，全身僵硬。

她腦中的聲音低語道，奔赴險境之前仔細地想想！

歌蒂沮喪地搖搖頭。這種時候她該如何仔細想呢？現在的情況儼然就是想要逆流而上，只不過水流在她心中，並且不斷把她往前沖。

想！仔細地想！

她緊咬嘴唇，直到發疼了才停止。她克制自己不要亂動，接著說，「布魯，等等！」

「事不宜遲，我們必須馬上行動。」布魯說。

「他們會把你殺了！」歌蒂低語，「你根本沒有機會靠近首輔。」

「我會像幽靈般奔跑，等到他們看見我，已是他們的大限之時！」

「可是那裡有成千上萬個士兵！而且是真正的士兵，跟我們的民兵部隊不同，他們會把你殺了！我們得想想其他辦法阻止他們。」

暴風犬轉過頭盯著她，目光極度銳利，害得她不得不往別處看。「那麼，就想吧，」他說，「可是別耽擱太多時間，末日步步逼近了！」

「西紐說過博物館就像充滿蒸氣的水壺。」歌蒂對布魯也對自己低語，「護法已經把房間釘死，害房間無法移動，所以現在博物館的壓力正在累積，這麼一來我們需要的是——」她停頓了一下，整理思緒，「——我們需要的是可以減輕壓力的東西，就像掀開水壺的蓋子好讓一些蒸氣散去。我想——我想這代表我們必須把一些大自然放到城內。」

「士兵不行，」布魯說，「瘟疫也不行，更別提老爪湖裡的那個怪獸。」

「不，是別的東西，沒那麼危險的東西，可是——可是這東西要夠大，否則可能沒用。」

軍營傳來的吼叫聲讓她分心。一名士兵不斷豪飲壺裡的酒，結果被人一撞，酒灑遍了整隻袖子。他的朋友幸災樂禍地大笑，士兵咒罵一聲，舉起拳頭，朋友笑得更大聲了。其中一名朋友抽出手帕，嘲弄似的替他擦袖子，手帕上的亮片被營火照映得閃閃發亮。

「看！」歌蒂吸口氣說，「是歐嘉·西亞佛嘉的方巾！」

她一瞬間動彈不得，無法思考。歐嘉·西亞佛嘉絕對不會甘願交出方巾，她人在哪裡？那群士兵對她做了什麼？她還活著嗎？還是已經——

淚水在歌蒂的眼眶打轉，她用力擦乾，重新專注在問題上。現在不是哭泣的時候，她該如何將博物館裡的大自然釋放？她上哪兒找一樣東西，大得可以減輕壓力，又不如這群士兵一般危險？

軍營又傳來一陣喧鬧笑聲，歌蒂背脊寒麻。方巾，邊緣的小結，四個大結……

她迅速轉向布魯，「如果我偷了那條方巾，釋放其中一個大狂風呢？它會吹進城裡嗎？它足以減輕壓力嗎？」

「我不知道。」布魯說，「就連歐嘉·西亞佛嘉也從未釋放任何一個大狂風。」

歌蒂看著他，心跳加速。她完全不知道這個主意能否奏效，也許只會把事情搞得更糟。而且，一想到要接近那些士兵去偷取方巾，她就渾身不舒服。如果他們抓住她怎麼辦？他們會如何處置她？

別想要逃避恐懼……

她舔了舔乾燥的嘴唇，「布魯，我想不到別的辦法，我決定放手一搏，你最好留在這裡。」

布魯豎起背上毛髮，「我是一隻暴風犬！朋友身赴危險時，我們不會袖手旁觀！」

「你必須留在這裡，」歌蒂低語，「這樣如果我……嗯……如果我失敗了，還有你可以去擊倒首輔。」

「我不喜歡這項計畫。這些男人就像懶惰貓一樣，如果他們抓到妳，一定會把妳碎屍萬段。」

「也許不會。」歌蒂嘴裡這麼說，但心中仍驚恐萬分，擔心暴風犬說得對，「請留在這裡。」

布魯低吼表示抗議，但接著他低下頭，用巨大舌頭舔了舔歌蒂的臉頰，「妳就像暴風犬一樣勇敢。去吧，我會看著妳的。」

歌蒂轉身面對軍營，這將是她所做過最困難的任務，不過現場的陰影、混亂和噪音全是藏匿術的好幫手。她在草堆裡蹲低身子，緩和呼吸，把自己變成泥巴和營火的一部分。我什麼都不是，我是一片影子……

歌蒂的心智如火舌般向外舞動。她感覺到布魯沉穩、緩慢的心跳，感覺到附近有一窩老鼠，正急忙地東奔西跑；她感覺到軍營散發出的強烈渴望。

我什麼都不是，我是一片影子……

她如一縷輕煙，悄悄地溜出草堆，越過一片空地。眼前正巧有一輛馬車，她爬到馬車下方，軍營四周的吵雜聲團團包圍她，刀刃相接的擊劍聲、磨刀石隆隆的滾動聲，以及男人粗野的大笑聲。她緊緊靠在車輪上，但願自己能夠鑽進洞裡消失不見。

她鼓起了極大勇氣才從馬車下方爬出來。她的胃在翻攪，但仍然小心翼翼地踏在泥巴地上。腦中的聲音悄悄地出主意。在陰影裡走好了，不要突然移動——突如其來的動作容易引起注意。穿過帳篷之間的那條小徑，小心點！有人來了！

一個男子跌跌撞撞地沿著小徑走來，全身都是啤酒味。歌蒂趕緊靜止不動。

我什麼都不是，我是夜空中的一縷煙……

那個男子一陣叫囂，歌蒂聽不出來他在說些什麼。其中一座帳篷回應了他，又是另一陣叫囂。士兵一邊大笑，一邊拍打大腿，聲音宛如槍聲一般。接著，他頭也不回地與歌蒂擦肩而過，走進徐徐火光中。

磨刀石附近的男子越來越吵鬧。其中兩名吹起口哨，另外兩名則喧嘩地鼓譟。歌蒂躲在帳篷陰影下觀察他們。這些人之中，有一名男子的身上藏有歐嘉．西亞佛嘉的方巾。是哪一個呢？

那一個嗎？

不對。

那一個！

不對。他們人數實在太多了，她要如何才能找得到呢？

腦中聲音傳來一句低語。用妳的心去找。

歌蒂讓心智往那群士兵飄去。他們給人的巨大壓力實在難以忽視，她逼迫自己去想一些其他的事。

風兒啊，狂風、微風、仲夏的涼風。打結的手巾在哪裡？

就在那兒，她看見了那名士兵，清楚得宛如黑暗中的煙火！他站在一群人外圍，一邊用力拍打同夥的背，一邊吵鬧地大笑。方巾就在他右邊口袋裡。

歌蒂從帳篷的陰影中溜出來，眼睛直盯那名士兵。恐懼和興奮從體內升起，她趕緊甩開這些感覺。沒有想法，什麼都沒有，我是一片影子……

那群暴徒前前後後不停推擠，叫囂聲太得幾乎震耳欲聾。那名士兵——她鎖定的那名士兵大步離開圍成一圈的人群，她差點以為自己把他弄丟了，但是沒有，他又再度出現，手放臀上站在那兒，一邊不住搖頭，彷彿對這場打鬥走勢不甚滿意。

目標近在眼前了，只要再往前一點點，慢慢地，慢慢地，啊哈。

趁士兵們打鬧之際，化作影子的歌蒂伸出手，偷偷溜進口袋，抓住了那條方巾——

突然傳來一聲喊叫，一群人急忙退到一旁，歌蒂前面的男子往後一退，直接撞上了她。她鬆開方巾，手從口袋裡掉了出來，接著絆了一跤，跌倒在地。

她幾乎立刻就爬了起來。我什麼都不是！我是一片影子！

然而一切都已太遲，她被發現了。

她還來不及搞清楚狀況，就被一群大呼小叫的高大男子團團包圍。她往後縮，兩腳不停發抖，站也站不穩。一個男子用大拳頭抓住她的頭髮，把她拉了起來，只剩腳尖還踮著地面。他凝視歌蒂的臉，轉身向其他士兵大喊，「是一個小女台！」

士兵們大致討論該如何處置她之後，其中兩人把她從其他人旁邊帶走。他們經過磨刀石，穿過馬車間。「這裡！」他們叫道，把歌蒂推向一叢營火，旁邊有一群人正從鍋子裡舀食物。

「這是什麼？」鍋子旁的男子吼著，「尼帶了晚餐給我們嗎？」他抓住歌蒂的手臂，用力捏了捏。「哈！這個身上的肉不夠多，得把她拿來煮湯！」

士兵個個捧腹大笑，催促歌蒂向前。她經過一排排的馬匹，越過一個又一個帳篷和馬車，還有一塊塊浴血地面，兩個男子正在宰殺一頭羊。歌蒂覺得自己快要吐了，心臟宛如體內的一顆小腫瘤。她失敗了，布魯很快就會奔到首輔身上，在企圖攻擊時被殺害。爸爸媽媽會死去，整座城市會殞落，所有的一切都將滅亡。

快看！腦中的聲音低語道，那裡，馬車附近。

什麼？歌蒂絕望地想，那裡有什麼好看的？一切都搞砸了！然而她還是看了看，一塊陰影與她的目光擦身而過……

她的心跳了一下，是阿沫！他想必只在她身後晚了幾分鐘！現在他來了！也許，也許一切還有希望！

士兵帶她穿越更多輛馬車，越過另一堆帳篷。突然間，首輔大人出現在眼前，他四周圍繞一圈熊熊燃燒的火炬，霍普護法站在身旁。他正與另一個看似軍官的男人嚴肅對話。

其中一名士兵大聲喊叫，三人猛然回頭。歌蒂看見首輔臉上閃過的驚訝表情，「她在這裡做什麼？」

士兵們把歌蒂推進火炬中間。「站好！」他們叫道，「不要亂動，否則我們就開槍！」

那位軍官身穿一件紫色外套，上面裝飾著銀色鈕釦。他凝視歌蒂，眼神蔚藍又冷酷。歌蒂看見霍普護法在首輔耳邊竊竊私語。他揚起眉毛，轉身面對軍官。

「我為這突來的打擾感到抱歉，」他說，「這個女孩來自我的城市，請接受這份禮物，我助理向我保證她會是一個出色的奴隸。」

歌蒂嚇得瞠目結舌。奴隸？軍官隨口說了幾句，其中一名士兵捉住歌蒂後頸，扳開她的嘴巴，彷彿想要檢查她的牙齒。歌蒂咬了士兵一口，他驚訝地大叫，重重打了她一個耳光。

「哎唷！」她叫道。

「她有些叛逆。」首輔急忙說，「不過我相信你很快就能導正她。現在，讓我們回到正題。我們說好了，這個，你們入侵之後，我將成為整個半島的至高守護者。」

軍官點點頭，「就這麼說定。」他的聲音低沉又緩慢，彷彿一字一句說出口之前，需要再三衡量似的。

「當然了，新的守護殿不會是現在的位置。」首輔說，「我想獨裁專政最適合我。」

方才那一掌，讓歌蒂的頭到現在還嗡嗡作響。她一臉懷疑地盯著這位神聖護法的領袖。

「一旦我坐上高位，」首輔繼續說，「我允許你和你的手下去洗劫史波克和勞郡，兩個城市皆位於半島下方，和璀璨城一樣富裕，所以這場紛爭可以讓你得到優渥的報酬。如果你想要帶走一些奴隸，還可以另做安排。我知道……嗯……有幾個孩子特別適合。」

軍官再次點點頭，儼然整個主意相當合理。

這位軍官是個相當駭人的男子，他沒有首輔那麼高，也沒那麼帥，但歌蒂有種感覺，一旦他和他的手下被放出去，將無人能敵。

她又看了看首輔。和士兵比起來，他那些花言巧語和自大傲慢突然像是個騙局。他就像一隻機械狗，自以為可以制住一群暴風犬。

歌蒂一想到此，心中的怒火熊熊升起。首輔——這個應該保護城市小孩安全的人——竟然願意把他們當作奴隸賣掉，就只為了讓自己當上獨裁者！而霍普，這位宣誓過的神聖護法也幫著他！

歌蒂看了右方的士兵一眼，他正是身上擁有方巾的那個人，但是以他抓住她手臂的力道看來，偷取方巾簡直是不可能的事情。她看穿營火，深入陰影處，試圖尋找阿沫。

「那，就這麼說定了！」首輔迅速地說，「你的手下需要多長時間整裝出發？一個星期？」

「他們隨時都處於備戰狀態。」軍官說，「我們現在就可以出發。」

「現在？」首輔說。他很吃驚，像是沒有料到事情竟然如此順利。

「現在是好時機，」軍官說，「我們可以趁城市沉睡之際給他們一個驚喜。驚喜是好事。」

他舉起手，身後的號角聲響起。

如果說軍營是蜂窩，那麼號角聲的四個音符就是一根棍子，戳進了蜂窩中心。在歌蒂看來，大家似乎立刻放下手邊工作，陷入了一片寂靜，然後喧鬧聲又再次沸騰，這一回響徹雲霄。士兵踢滅營火，戴上鋼盔或寬邊帽子。粗啞的指令聲聲令下，一隊隊士兵把步槍扛在肩上，整齊排成縱隊。其他人佩上劍，有些人則拿著尖銳的長矛。

歌蒂瘋狂地東張西望，尋找阿沫的位置。就在這時，她看見營火外有一塊深色陰影。她再仔細一看，只見一對蒼白手指使勁扭動。得趕快阻止他們！就是現在！

號角響又再次響起，鼓聲也隆隆作響，士兵開始昂首闊步。

這番景象宛如看著一台巨大機器格格地運轉起來。士兵們的手腳整齊劃一地擺動，嚴峻的表情直視前方，彷彿岩石雕出來的一樣。咚咚咚、咚咚咚，鼓聲急急敲打著。左腳、右腳、左腳、右腳，士兵踏著沉重步伐，朝陰險門前進。

整件事是如此氣勢磅礴、震天駭地，歌蒂覺得自己簡直透不過氣。她的脈搏在耳邊咚咚作響，腦袋飛快地轉個不停。她絕望地盯著士兵、軍鼓、長矛、泥巴——

泥巴！腦中的聲音叫道，泥巴！

突然間，歌蒂知道自己該怎麼做了。她舉起那隻沒被抓住的手，朝陰影處比劃，泥巴！然後指了指那位軍官。

曾經有一度什麼事也沒發生，歌蒂跟著暫時停止了呼吸。這時陰影處忽然晃了一下，阿沫走進陽光下，手臂一揮，一球巨大泥團從手中飛出去，正中軍官的紫色外套上。

軍官又驚又怒地咆哮，歌蒂左方的士兵立刻衝向阿沫，但他早已逃跑，在帳篷和馬車間來回穿梭。行進軍隊繼續向前邁進，左腳、右腳、左腳、右腳，彷彿沒事發生似的。

軍官低頭看著自己髒掉的外套，厲聲地下達命令。歌蒂右方的士兵放開她的手臂，把手伸進口袋——拉出歐嘉．西亞佛嘉的方巾。

歌蒂把他手中的方巾一把搶去，拔腿就跑。

29 救援

歌蒂在帳篷之間不停奔跑，後方一群沉重腳步緊追著她。她笨手笨腳地解開歐嘉・西亞佛嘉方巾上最大的結。嗡嗡嗡嗡嗡，手巾鳴叫著，嗡嗡嗡嗡嗡。

她身後的腳步聲越來越多，號角再度響起，這一次，音符似乎有了意義，「格殺勿論！格殺勿論！格殺勿論！」

嗡嗡嗡嗡嗡，方巾鳴聲大作。左腳、右腳、左腳、右腳，士兵從陰險門走了出去。

歌蒂背後傳來一聲吼叫，一隻手抓住了她的手臂。歌蒂迅速低頭，甩開手，再次扯了扯方巾上的結，但就是解不開。

又是另一聲吼叫，這次抓住她的手握得更緊了。她想要掙脫，士兵卻抓得更緊，他把歌蒂從地面舉起，她的雙腳無助地在半空中反抗。他伸手搶奪方巾。

突然間阿沫出現了，從一輛馬車後方一躍而出。他衝向士兵，用力踢他的小腿。士兵放下歌蒂，並一把抓住阿沫，他憤怒地搖晃小男孩，同時對他大聲咆哮。另一名士兵趕了上來，拔出劍，表情兇狠。營火映照鋒利的劍身，他高舉著劍，瞄準阿沫的肚子——

歌蒂瘋狂地想要把結解開，她覺得自己的手又大又笨拙，心臟就要跳出胸口。她看著阿沫的臉，嚇得慘白，再看見那把朝他襲擊而去的劍……

說巧不巧，她就在此刻及時解開了大結，結鬆脫開來，嗡嗡聲赫然消失，持劍的士兵停下動作。

剎那間，突然一陣安靜——然後嗡嗡聲再次傳來。這一次聲音不再受困於方巾裡，而是四面八方地響起。

從那時開始，一切立刻改變了。原本安靜佇立在地的帳篷，開始裂開且飄動起來，其中一座帳篷甚至連根拔起，像一隻巨大白鳥飛了出去。在此同時，號角聲和鼓聲突然安靜下來，抓住阿沫的士兵放了他，持劍的男子也轉身離開，彷彿這輩子從未有過一絲邪惡思想。

歌蒂抓住阿沫的臂膀，把他拉到最近的馬車後方，他全身上下不停地顫抖。兩人周圍的布帷不停拍動，情況越演越烈。士兵們在軍營裡來回穿梭，忙著綁緊帳篷，安撫馬匹，全然沒有注意到那兩個小孩，也完全忘了入侵璀璨城這回事。

成功了，歌蒂心想，壓力減低了，戰爭館平靜了下來。

然而大狂風沒有要平靜下來的意思。雖然它如洪水一般掃過整座軍營，卻放過了那群士兵，彷彿知道博物館深處是他們的歸屬，不該被釋放到外面的世界。不過，大狂風卻像一隻巨大手掌把歌蒂和阿沫包住，然後把他們往陰險門吹去。

想要抵抗這股力量簡直不可能。孩子們跌跌撞撞地穿越軍營，經過馬車，與布魯擦身而過。布魯正往相反方向奔馳，彷彿大狂風不過是一股微風罷了。

「布魯！」歌蒂叫道，「你在幹什麼？快跟我們一起來！」

「我要去找丹先生和歐嘉．西亞佛嘉！」布魯低吼。他抬起頭，鼻孔微張，「啊，我聞到他們的氣味了！」接著就離開了。

歌蒂和阿沫步履踉蹌地過了草地，出了陰險門。歌蒂看見首輔和霍普在前方，同樣被大狂風團團包住，他們努力想要回頭，但只是徒勞無功。

狂風砰的一聲關上陰險門，把孩子們推向哈里山。四周的釘子像是子彈一樣從木板裡彈了出來。當他們走進房間，房間瞬變；走出去後，又瞬變了一次，博物館彷彿在安心地左右搖擺。狂風緊追著前方的霍普護法和首輔，他們被狂風不停往前吹，一邊抗議地大叫。

孩子們跑到空曠大道上。溝渠裡的水已然消失，只剩一灘發臭的爛泥，歌蒂和阿沫從溝渠一端滑下，再從另一端攀爬而上。他們跑過寬敞的走廊，經過破碎的玻璃箱和損壞的員工專用門，穿越前廳房間和石造拱門，然後進入了前門大廳。

始終在他們前方不遠處的霍普護法和首輔，現在正緊緊抓住大門不放，狂風也正努力地想把兩人吹出博物館外，永遠不要回來。

「以七靈神的名義，我命令你們馬上停止！」首輔叫道。

但是歌蒂和阿沫完全沒有放慢腳步。他們奔出門外，往死巷子走去，大狂風自始至終都在身後呼嘯。兩人跌跌撞撞地走出巷子，踏進空地——當場停下了腳步。

整座城市幾乎面目全非。烏雲在空中疾行，遮住了月亮，宛如一群無止盡的殺戮鳥。突然下起傾盆大雨，樹林、灌木和路燈被雨水打得東倒西歪，彷彿想要把自己連根拔起。

「抓住他們！」首輔緊追在後大叫道，「別讓他們跑了！」

孩子們拔腿往街上跑，一路上低著頭抵抗猛烈的狂風暴雨。他們機靈地繞過一個又一個轉角，直到甩開他們的追逐者才停下來。兩人爬過圍牆，躡手躡腳地走過一個私人花園，雨水則不停打在臉上。附近某個地方的屋頂瓦片掉到地上，碎了一片。

如果大狂風被釋放了，所到之處都會被摧毀。

歌蒂抓住阿沫的臂膀，把他拉到牆邊躲避。「情況越來越糟了！」風勢越來越大，她必須放聲大叫才有辦法聽見自己的聲音。「我們必須去警告大家！」

歌蒂不確定他有沒有聽見自己說的話，於是又試了一次。

「我們最好找到西紐！」她叫道，「他被關在懺悔之家，我們的父母也是。」她勉強擠出笑容，「喔，天啊，我們該怎麼做才好？」

阿沫的眼眸若有似無地閃爍，烏雲微微散去，他的臉色始終無可救藥地蒼白，但還是努力對她笑了笑，「我想我們只好去把他們救出來了……」

首輔跟在霍普身後，一邊步履蹣跚地下山，一邊大聲咒罵。完美計畫不但就這樣毀了，就連天氣都與他作對！他從沒碰過像這樣的暴風雨，而現在風雨似乎又加重了。

他跌跌撞撞地走向一條岔路，再次開口咒罵。城市燈光已經全部熄滅，到處都是一片漆黑，除了通往舊城區的小徑依舊燈火通明，遠處的大禮堂就像太陽般散發光芒。

他聽見遠處傳來吱吱嘎嘎的聲響，霍普一把抓住他的手臂。「大人！是堤防的聲音！」首輔仔細聆聽，果然沒錯！他凝視眼前的漆黑，用力地思考。如果防洪堤垮了，舊城區就會湧進大量洪水，上百人會因此死亡（真是可惜，如果老姊是其中之一就好了！）。僥倖活下來的人民會期望一位有實力、能夠掌控全局的人來重整他們的生活。

而且就他所知，這場暴風雨將會橫掃整個半島！這麼一來，也會成為接管史波克和勞郡的好時機。

一陣興奮之情傳遍全身，事情並不如想像般糟糕，他根本不需要陰險門後方的那些野蠻人！他所要做的就是想辦法在這場暴風雨中生還！

他擦去眼角的雨水。他該前往臨時辦公室嗎？不行，那裡的屋頂估計撐不住。他也不想在暴風雨呼嘯時，像隻動物一樣在黑暗中蜷曲。

但是大禮堂有獨立照明供給。看看它，如燈塔般閃閃發亮！如果潰堤了，雖然禮堂低窪處會淹沒，但是圓頂底下的樓梯將萬無一失。

他拉了拉霍普的袖子，並指了指說，「看到那裡了嗎？」他叫道，「我們要到那裡去！」

「可是那兩個孩子怎麼辦？要是他們脫逃了，然後告訴大家事情真相怎麼辦？」

「他們一定是回家去了。他們住在哪裡？」

「舊城區。」

「這樣的話，」首輔說，「我們就不需要擔心了。就算他們還沒死，也離死期不遠了！」

懺悔之家是一棟類似地下碉堡的建築物，窗戶十分狹小。雖然外觀看起來只有一層樓，但是璀璨城裡每個人都知道，這裡至少有三層牢房，全都埋在地底深處。

通常會有一些神聖護法在前門巡邏，觀察路過的人，尋找任何褻瀆神靈的徵兆。但是當歌蒂和阿沫一路與狂風暴雨搏鬥到前門階梯，卻沒有看見熟悉的黑袍身影。

兩個孩子搖搖晃晃走上樓梯，進入大門。雖然周圍環境如洞穴般漆黑，而且噪音仍然十分大聲，但是能夠暫時脫離暴風圈實在令人鬆口氣。窗框格格作響，鐵皮屋頂發出尖銳的撞擊聲，彷彿隨時要掀開，飛向遠方。遙遠某處傳來吱吱嘎嘎的響聲，令歌蒂十分難受。

她和阿沫手牽手穿過漆黑的走道，尋找通往牢房的樓梯。他們是偶然發現的。當他們沿著牆壁摸索方向時，阿沫的腳突然踩空，跌落在頭幾階台階上，歌蒂也被他拖了下去。

兩人趕緊恢復平衡，開始往下爬。他們爬了好長一段樓梯，接著又是另一段，一直爬到空氣都變涼了，暴風雨的聲音也漸漸消失。經過一番塵囂喧鬧，現在的靜穆幾乎令歌蒂難以忍受。

「我見到你的妹妹了。」她小聲地說。

她可以感覺到阿沫在黑暗中盯著她，「她還好嗎？」

「她就和你一個樣，當然好好的！」

他們爬過另一段樓梯。「我們現在想必已經爬到很深的地方了。」阿沫低語，「應該過不了多遠——」

他突然呆住，歌蒂聽見兩人的正下方傳來某個聲音，阿沫把她的手握得發疼，聲音又傳上來，是微弱的琴弦聲。

阿沫猛然鬆開歌蒂的手，「西紐？」他大叫。

「我的老天啊！」另一個聲音說，「阿沫，是你嗎？」

火柴盒嗶的一聲，一根火柴亮了起來，就在兩人腳下不遠處，出現十幾個部隊軍官。他們神情冷酷，肩並肩站著，彷彿正誓死保護身後的某個人。

「我在這裡，讓讓！」西紐說，「不是首輔和他的親信，是阿沫！」

他抬頭看看歌蒂，「你們兩個還好嗎？」

歌蒂點頭，「護法把我們帶到看管中心，但是我們逃跑了。」

「和我想的一樣。」西紐稍稍露出笑容，接著又馬上嚴肅起來，「我們不能在這裡逗留，那些神聖護法可能會回來，而且我們還得去救布魯。」

「歌蒂已經救出來了。」阿沫說。

西紐眨眨眼，「喔，很好，那麼就直接返回博物館，時間已經不多了，我們必須趕快阻止首輔。」

「這我們也已經完成了。」歌蒂說。

西紐又眨了眨眼，然後，慢慢地，他大笑起來。

三人說話的同時，軍官們相繼點燃一根又一根的火柴。他們彼此交頭接耳，然後也對著守護者竊竊私語。守護者轉向西紐，無力地說，「他們就是你和我們說過的那兩個孩子？」

西紐點點頭，頭頂遠處突然傳來玻璃碎掉的聲音。守護者猛然抬頭，「那是什麼？」

「是暴風雨的聲音。」歌蒂說，「妳知道陰險門後方的那群士兵嗎？首輔說如果他們願意入侵璀璨城，拱他做獨裁者，他就奉送奴隸和金銀珠寶——」

「妳說什麼？」

「妳該看看那群人，」阿沫說，「成千上萬個士兵，個個拿著步槍、長矛和軍鼓，大步大步地往陰險門前進！」

「他們手上有歐嘉．西亞佛嘉的方巾，所以我們把它偷了回來——」

「全是妳的功勞。」阿沫說。

「朝軍官丟泥巴的可是你呢。」

「沒錯，但整件事是妳的主意，而且非常見效喔，西紐。啪！高級外套沾滿了泥巴。」

「這就是他們要殺掉阿沫的原因。」歌蒂說。

西紐嚇壞了，「阿沫，他們要殺掉你？」

「他們想要用劍刺穿我的內臟！不過歌蒂救了我。她及時解開了方巾上的結——」

「——結果釋放了大狂風。」歌蒂說。

西紐緩緩點頭，「這樣就能巧妙減輕壓力。陰險門後方的房間平息了嗎？」

「立刻就平息了。」歌蒂說，「就在我解開結的那一瞬間。」

「很好。」西紐相當滿意地說，「但願能一直穩定下去——」

歌蒂打斷他，「可是現在大狂風在城裡到處肆虐！」

她閉上嘴，看著西紐，預期會得到責備的神情，但是西紐僅僅說，「大狂風與一支侵略部隊或是一場瘟疫比起來，要容易處理得多。你們兩個做得很好，沒人能做得比你們更出色了。」

守護者和數十位軍官急忙上樓，歌蒂和阿沫卻動也不動。「爸爸媽媽被關在這裡的某個地方。」歌蒂說，「阿沫的父母也是，還有一些看管中心的男孩，他們的父母也在這裡。我們必須找到他們。」

「甃了我吧。」西紐說，「我怎麼可以忘記？來吧，我會去找他們，你們和守護者走，她還有一些問題要問你們。」

歌蒂猶豫。

「別擔心，」西紐說，「我馬上就會把他們從牢裡救出來。」他動動十指，咧嘴一笑，「沒有鎖可以擋得了我，不過我需要一盞燈。」

「得了。」一名軍官說道。他踹了踹樓梯的木頭扶手，幾根直立扶手立刻鬆落。他把自己的襯衫撕成條狀，包覆在一根根木頭上，然後點火。西紐拿著臨時火把，一溜煙地走掉。

歌蒂想要跟上去，但是守護者和軍官早就開始丟問題給她，她只好緊咬著唇，告訴自己再忍耐一會兒。當軍官得知許多同僚已死，個個都沉重地搖頭。

「那首輔呢？」守護者說，「他在哪裡？」

「在城市的某個地方。」歌蒂說，「他和霍普護法本來追著我們，不過被我們甩開了。」

守護者嚴厲地看著那群軍官，「一見到他們就立刻逮捕，尤其是首輔，這次他逃不掉了。」

話一說完，一群人也差不多到達樓梯頂端。暴風雨聲嘶力竭地呼嘯，吱吱嘎嘎的聲音比先前更加響亮。

「是堤防的聲音！」守護者現在不得不大聲說話，「堤防撐不過這場暴風雨！如果潰堤了，整個舊城區都會淹沒。我們必須把人民帶往高處。」

「別忘了還有看管中心。」阿沫叫道，「我妹妹在那裡。」

「看管中心就是我的第一站。」守護者神情嚴肅。

「我們離開前必須先把懺悔之家撤空。」一名軍官叫道，「我們不能留那些人在牢裡活活淹死，看看我能不能找到一些鑰匙，幫西紐一把。」他拿起火把匆匆離去。

接下來的幾分鐘是一連串的計畫籌備。歌蒂和阿沫發現，大人們在爭論哪裡才是帶離人民的安全之處時，兩人漸漸被排擠在外。

「帶大家到博物館，」歌蒂叫道，「那裡應該已經風平浪靜了。」

沒人聽她說話。她推開兩名軍官，再次叫道，「帶大家去博物館！那裡很安全！」

守護者和軍官盯著她，看了好一會兒，然後互相點點頭，又把她擠了出去。「我們必須分頭行事，把舊城區分成兩部分進行，」守護者叫道，「否則我們來不及把所有人救出。」

「一群白癡。」阿沫在歌蒂耳邊竊竊私語。「他們到時候會需要我們。」

歌蒂聽見樓梯方向傳來微弱哭聲，於是回頭看了一眼。一群人彼此手牽著手，步履蹣跚地朝她走來。西紐的火把照亮了他們的臉龐。

歌蒂的心臟差點從喉頭跳出來。「媽！」她尖聲叫道，「爸！」在她身旁的阿沫，聲音重複說道，「媽！爸！」

30
大狂風

過了好一陣子，大家的情緒才稍稍穩定下來。歌蒂緊緊抱住爸媽，難過地大哭。「對不起，對不起。」她說，「我不是故意害你們被關起來的！」她可以聽見附近的阿沫正說著相同的話。

「我們好得很，」爸爸緊緊抱著她說，「只是有點餓罷了。」

「只是，親愛的，看看妳傷痕累累的手臂！」媽媽說，「這是抓痕嗎？妳受傷了嗎？喔，讓我看看！」

她每見歌蒂手上的瘀青和傷口，就忍不住大聲嚷嚷，她同時檢查了歌蒂是否有發燒跡象。其他被帶上來的囚犯圍在身邊感激涕零，斷斷續續唱著歌，「船上航行了三年——」

事情至此，只見西紐來回踱步，表情凝重。「此地不宜久留！」他叫道，「我們必須把囚犯中的老弱婦孺帶到博物館。夥伴們，來吧，我需要你們的幫忙。」

守護者急忙趕來。「許多軍官要前往看管中心，其中一個孩子必須陪同他們一起去，告訴他們宿舍的位置。」

歌蒂窩回爸爸的臂彎，她已經好久沒有好好睡一頓了，全身累得發疼。但是還有好多事情要忙。

阿沫的爸爸發顫地舉起手。他骨瘦如柴，必須靠兒子的攙扶才站得起來，「我和他們一起去！我們的女兒在看管中心。」

守護者搖搖頭，「抱歉，請問你是？」

「哈恩，史踐夫．哈恩。這是我的妻子，孟麗芙。」

「哈恩先生，我很抱歉必須這麼說，但是你只會拖慢他們的速度。你和夫人最好趕緊躲進博物館。別擔心，軍官會找到你的女兒，並把她帶回來。」她轉身面對西紐，「我們已經分配好舊城區的負責區域，必須立刻行動。防洪堤的聲音越來越糟，我不確定我們的人數能否及時通知所有住家。」

「我要幫忙！」阿沫叫道。

「不行！」他的媽媽哭喊著，「你要和我們一起走，我們會保護你的安全。」

「可是他們需要我！」

一名軍官搖搖頭，「我們不能讓孩子們單獨待在外頭。」

阿沫皺眉，「你以為這段時間我們都在幹什麼？我們不是小嬰兒了！」

「不！」媽媽說，「這太危險了！」

「她說得對，我不允許！」守護者叫道。

西紐說，「隨妳高興吧！我保證只要妳的視線一離開，他們還是會去的。況且，我們需要他們。他們動作快又聰明，若不是他們兩人，我們絕對無法撤空懺悔之家。」

「可是……可是誰會聽他們的話呢？」一名軍官結巴地說，「誰會聽一個孩子的話，離開自己的家呢？」

西紐對歌蒂眨眨眼，「也許會有意想不到的驚喜。我們所知的世界今晚已經天翻地覆了，原始本性確實回到了城內！」

歌蒂踏出懺悔之家，一陣風朝她徐徐吹來。雨打在臉上，加上黑夜籠罩，她幾乎立刻伸手不見五指，大禮堂是唯一可見的地標，圓頂在暴風雨中微微發光。

她艱辛地走在小徑上，每一步都在和狂風對抗。防洪堤的嗚咽聲越來越大，她橫渡樹船橋，步履蹣跚地走在聖殿運河上方，來到了軍官指派給她的區域。

到了第一間房子，一名男子提著燈籠前來回應她瘋狂的敲門聲。他透過門邊縫隙看見歌蒂，臉色嚇得發白。

「先生！防洪堤快要垮了，」歌蒂叫道，「你們必須馬上跟我來！」

男子睜大雙眼。「歌蒂．羅絲？是妳嗎？」

「奧斯特先生！」

是傑比的爸爸。歌蒂被暴風雨搞得暈頭轉向，沒有認出這間房子。

奧斯特太太把丈夫推開，大聲地說，「歌蒂．羅絲？這是真的嗎？喔，親愛的，妳那可憐的父母！我們想要幫忙，但是神聖護法——」

「妳不能進來，」奧斯特先生粗魯地插嘴，「我們不能冒險。」

「妳這段日子上哪兒去了？」奧斯特太太哭喊，「我們都以為妳死了！」

「現在沒時間解釋！」歌蒂叫道，「你們必須跟我走！我會帶你們到安全的地方！」

奧斯特先生的臉變得更加蒼白，「跟一個逃跑的孩子走？神聖護法會把我們當早餐給吃了！」

「何況，這實在太危險了，」奧斯特太太說，「我們待在這裡會比較安全。」

「不，你們不會！舊城區就要淹大水了！你們必須趕快離開！這是守護者的命令！」

奧斯特先生搖搖頭，準備把門關上時，身後傳來一個聲音說，「爸，發生什麼事？」

「傑比，快回房裡去。」奧斯特先生厲聲說，但已經太遲。

「歌蒂？」傑比躲在爸爸的臂彎說，「妳到哪裡去了？妳在這裡做什麼？妳一個人嗎？」

「看看妳做的好事！」奧斯特先生憤怒地咆哮。

「先生，聽好了！」歌蒂說，「聽這股暴風雨的聲音！如果你待在這裡，你會淹死的！」

突然傳來窗戶破裂聲，奧斯特先生的怒氣立刻煙消雲散，並且發抖了起來。他和璀璨城其他居民一樣，從小就備受保護，免於面對各種危難。從來沒有任何事有機會測試他的勇氣，或教導他該如何行事。現在的他呆若木雞、猶豫不決，奧斯特太太也是同樣的德性，兩人既害怕留在原地，又害怕離開。

但是西紐是對的，原始本性確實回到了城內。正當奧斯特先生準備關上門，傑比從門縫中溜了出來。歌蒂抓住他的手，兩人一起跑到大街上。

等傑比的父母追上時，他正驚愕地站在呼嘯的暴風雨中。「爸！快看啊！」他叫道，「看看我們的房子！」

奧斯特夫婦目瞪口呆。外圍牆壁正不斷地脹縮，整間房子宛如一隻氣喘吁吁的野獸。很顯然他們必須另尋安全住所，否則就等著消失。

奧斯特太太指著大禮堂，「大禮堂的燈是亮的！那裡應該很安全！」

歌蒂搖搖頭，「不，我們必須到更高的地方。」

傑比不停地發抖，但還是點頭表示同意。他的父母驚訝地看著他，然後也緩緩點了點頭。

歌蒂帶他們到下一個房子，然後到一棟公寓大樓，接著又到下一個房子。「快啊！快啊！」她對那些盯著她的驚慌臉孔叫道，「防洪堤快要垮了！」

每一次，總是孩子率先溜出這狂風肆虐的黑暗中，父母才趕緊隨後跟上，努力想要把守護鏈繫在兒女的手腕上，但是像這樣的夜晚，光是一條銀色鏈子根本不足以保證大家的安全。

歌蒂找到了波朗、戈洛伊以及他們的家人，大家同樣先是詫異於見到她，然後跟隨她離開。緊接著她又找到了佛德和一票孩子，他們全跟著她走，同行的還有他們的父母、祖父母、叔叔、阿姨。

她不再是唯一敲門的人，那些躲過配戴守護鏈的孩子們，笨拙地跑向一間又一間房子，不停大叫著，「快點，快點，沒有時間了，快！」直到屋內的人跌跌撞撞地走出來，加入夜晚的遊行。

最後，大家來到歌蒂居住的街道。風雨無情交加，垃圾桶、籬笆和樹枝從頭上飛過，掉落街頭。歌蒂敲打菲佛家的大門。

「菲佛！」她大聲叫道，試圖讓聲音壓過暴風雨的呼嘯，「柏格先生！柏格太太！是我！」

柏格先生終於把門打開時，他彷彿見到幽靈似的盯著歌蒂，「歌……歌……歌蒂！」

屋內傳來一陣喊叫，菲佛和柏格太太急忙跑來。菲佛緊緊摟住歌蒂，親吻著她，但是已經沒有時間閒聊，每個人都在喊著，「快點！快點！」這股急迫感實在難以抵抗。

事到如今，歌蒂已經筋疲力盡，幾乎無法站立了。她搖搖晃晃地向前走，身後帶著的那群男女老幼，宛如一隻受驚的巨大毛毛蟲。她想要休息，但是防洪堤的嗚咽聲催促她繼續前進。快啊！快啊！

這時她拐過街角，正巧撞上了阿沫。他全身濕漉，額頭上還有一道傷口，黑暗中，在他身後綿延不絕的，是一長排的居民。

他一看見歌蒂，立刻貼近她的耳朵叫道，「我剛剛和一位軍官談過了！他們已經放出看管中心所有的人，舊街區其他地方也清空了！我們現在要去博物館！來吧！」

以目前暴風雨的情勢看來，似乎不可能再更嚴重了，然而當歌蒂、阿沫和其他跟隨者奮力朝老奧森納山前進時，風勢又呼嘯得更加激烈。雨水用力打在身上，好似陰險門後方的士兵終究還是侵入城內，正猛烈地攻擊他們。歌蒂跌跌撞撞走在一場夢魘之中，他們穿越惡病橋，經過了民兵部隊總部，往前尋求博物館的庇護。

正當一群人準備踏上老奧森納橋之際，一個小小身影從黑暗中朝阿沫衝了過來。他嚇了一跳，接著表情突然如燦爛千陽般綻放，他伸出雙臂，「邦妮！」

「阿沫！」邦妮尖叫道，「阿沫、阿沫、阿沫！」她飛身抱住自己的哥哥，又是哭又是笑。雨水和淚水雙雙滑落阿沫的臉頰。他不理會暴風雨和防洪堤的聲音，摟住妹妹，把她緊緊抱在懷中。

「邦妮！阿沫！」歌蒂叫道，「我們得走了！」

他們身後跟著一長排零星的居民，大夥兒匆忙過橋，開始往山上爬去。走沒多久，歌蒂就聽到一個聲音，讓她當場停下腳步。是金屬相互扭曲的聲音，防洪堤的嗚咽聲拔高尖叫起來。

阿沫緊緊抓住邦妮，「快跑！」他叫道，將她推向高處。接著他和歌蒂轉身面對身後的人群，扯著喉嚨放聲大叫，「防洪堤快垮了！大家快點逃命！」

狂風捲走他們所說的話，沒關係，大家都知道這聲音代表什麼意思，但大家卻動也不動，只是無助地站在原地，緊緊抓住家人。

歌蒂和阿沫跑到隊伍面前，扯著人們的衣服叫道，「快跑！快跑！」邦妮也跟了上來叫道，「快跑！」

「邦妮，快點離開這裡！」阿沫叫道。但是邦妮不理會他，「快跑！大家快跑啊！」

依舊沒有動靜。歌蒂抓住菲佛，對著她的臉叫道，「菲佛，妳得趕緊離開！防洪堤快垮了！」

菲佛嚇得瞠目結舌，卻只是緊緊抓住父母，一動也不動。歌蒂害怕得幾乎要哭出來了，全身每條神經都叫著，救救妳自己！救救妳自己！可是她不能留下自己的好朋友去送死，情急之下，她拉住另一個女孩的手，不停地叫，叫到聲音沙啞，「菲佛，拜託妳！柏格先生，拜託你！叫她快跑！」他可以聽見阿沫和邦妮在附近叫道，「快逃命！」

菲佛依舊動也不動，所有人也同樣文風不動。

就當歌蒂失去希望，以為大家都將滅亡時，突然傳來震耳欲聾的咆哮聲，聲音響徹雲霄，壓過了狂風暴雨和崩垮的防洪堤。布魯宛如甦醒的巨大銅像，在黑暗中衝了出來。

他露出尖牙，目露兇光。有人叫道，「是暴風犬！」於是所有的人，包括菲佛和她的父母，瞬間清醒過來，笨拙地往山上跑去。

大夥兒跑到一半，洪水追了上來，在後方激起駭浪，捲住了他們的腳。現在沒人跑得動了，整條街已成河流。爸媽把自己的孩子抱在懷裡，每當有人跌倒就有許多隻手伸出來拉一把。機械鳥彷佛一具小小的金屬屍體從歌蒂身旁飄過。

他們爬得夠高，正好只淹到洪水邊緣，不久後水位也停止上升。正當歌蒂跌跌撞撞走上陸地，布魯突然從旁出現，低沉地說了一句，「丹先生和歐嘉．西亞佛嘉平安無事了。」然後他就像個不存在的惡夢一般消失了。

過了幾分鐘後，風雨似乎緩和許多。烏雲漸漸散去，滿月穿透雲朵投射出月光。在這安靜的一刻，歌蒂、阿沫和邦妮轉身凝視著他們拋下的東西。

舊城區淹沒在一片汪洋大海中，建築物從水裡高聳突出，宛如一群奇形怪狀的島嶼，大禮堂佇立在正中央，建築物半淹沒於水中，並驚險地往一旁傾斜，但燈光依舊明亮。歌蒂認為——雖然距離太遠無法確定——她在玻璃圓頂上面看見了兩個身影，他們似乎在招手尋求幫助。

她正想看個仔細，燈光就忽然一陣閃爍熄滅了。這時傳出一聲刺耳的噪音，整棟禮堂的地基斷裂，漂入了黑暗之中。

31 三天後

歌蒂、阿沫和邦妮靠在仕女之哩的陽台上。樓下大廳內，上百個來自舊城區的居民聚在長桌前，拿著缺角的馬克杯或小杯子喝著茶和可可，有些人躺在一疊舊衣物上，有些人成群地擠在一起。大家的傷口都已包紮完畢，斷骨也固定住了，但仍舊因為疼痛而略顯安靜，沒人微笑，更沒人大笑，暴風雨所帶來的震撼尚未完全讓人平復。

守護者正在進行例行演說，她的聲音一字一句傳上陽台，「如同當中有些人所知，城市大部分的房子並沒有損壞得太嚴重，屋主能夠照舊留在家中。但是舊城區依然是一片汪洋，水裡充滿了老鼠和蛇，需要一段時間水才能完全排乾。如果管理員允許的話，來到博物館避難的市民必須在這兒再待上一陣子。」

歌蒂饒富興致地對阿沫挑眉。一個禮拜前，若是提起老鼠或蛇，鐵定會讓璀璨城的市民陷入瘋狂，但是現在大家只是互相點頭示意，彷佛能夠存活就是一種恩惠，其他事情根本不值得大驚小怪。

歌蒂的爸媽和守護者坐在同一張桌上，同桌的還有阿沫的父母，以及歐嘉・西亞佛嘉、丹先生（腿上打著石膏）和西紐。大廳遠端的角落，一群神聖護法正彼此交頭接耳，並怒視著看守他們的國民兵。

丹先生在地面上重重敲打拐杖，「當然啦，你們想待多久就待多久！管理員很高興能收留你們！博物館也很高興能收留你們！」

「他說得對。」歌蒂在阿沫耳邊低語，「你去看過早期移民館了嗎？裡面到處都是植物園和果樹。而且空曠大道上的刺莓也成熟了。」

阿沫點點頭，「還有哈里山，現在就像個普通的舊樓梯，我今早上上下下走了三遍，每次都被領到相同的地方。」

邦妮皺皺鼻子，「樓梯怎麼可能帶你到不同的地方？你們在說什麼？」

「不干妳的事。」阿沫說。自從妹妹平安無事之後，他又變得苛薄起來。

「如果你不告訴我，」邦妮說，「我就去問歐嘉・西亞佛嘉。」

歌蒂仔細觀看樓下每個人的臉。過去三天裡，她和阿沫一直非常忙碌，她幾乎沒見著菲佛。現在她終於看見好友抬頭對她微笑，她揮揮手。

菲佛也揮了揮手，比劃道，下來吧。

馬上下去，歌蒂比劃。

我想要知道妳逃家後發生的所有事情！

歌蒂向前傾，整個人幾乎掛在陽台上。我也想要趕快告訴妳！

媽媽想必從餘光注意到歌蒂的舉動，因為她往樓上瞥了一眼，手摀住了嘴巴，看起來立刻就要從座位上跳起來，大聲警告……

然而歐嘉．西亞佛嘉碰碰她的手臂，低語了幾句。媽媽坐回位子，像是想起了暴風雨那晚的事情，當大家害怕得無法動彈時，她的女兒是如何帶領大家到安全之處。她用手肘推了推阿沫的媽媽，兩人一起抬頭往上看，雖然她們的臉色一度蒼白，但猶豫了一會兒便招起手來。

「大家還沒有見過摩根呢。」阿沫說，「這對他們而言將會是個考驗。」

「誰是摩根？」邦妮說。

「不干妳的事。」

「如果你不告訴我，我就——」

「——去問歐嘉．西亞佛嘉。」阿沫模仿她的聲音嘲弄地說。兄妹倆先是相視一會兒，然後突然放聲大笑。

「你的父母看起來氣色不錯。」歌蒂說，「你爸今天早上叫你康森納瑞——我是說……呃……嗯……阿沫。」

邦妮再次大笑，「爸這麼叫你的時候，你有看見媽的表情嗎？」

「她只是還沒習慣罷了。」阿沫微笑說，彷彿對父母的努力感到自豪。

樓下大廳裡的守護者仍在發表演說——「最近發生了太多可怕的事情。又是暴風雨，又是洪水，又是炸彈。啊，對了，我們可不能遺忘那些炸彈客，無論他們是誰，無論他們身在何方，我們會不眠不休地尋找，直到找到為止。」

她暫停一會兒，表情變得嚴肅，「然而，他們並不是唯一必須繩之以法的人。那些理應保護孩子的人——」

歌蒂看見擠成一團的神聖護法個個迅速地抬起頭來。

「——背叛了我們！」守護者說，「我在此宣布，神聖護法就此解散，並規範他們為一非法的——」

她的聲音淹沒在一陣騷動中，神聖護法爭先恐後地蜂擁而至，大聲叫嚷。國民兵擋住他們的去路，並把他們押回角落，那些不願意順從的護法被扭打在地。

「首輔在哪裡？」一名護法手被押在背後哭喊著，「他會阻止這一切的！」

丹先生用拐杖撞了撞地面以示安靜。

「說得好，」守護者說，「首輔到底在哪裡？這個罪大惡極的叛徒跑去哪裡了？把他帶來這裡，讓他自己回答所有的罪行！」

她戲劇性地停頓下來。歌蒂向大廳東張西望，有點希望能看見首輔從人群中推擠出來。

「我來告訴大家他在哪裡，」守護者說，「他失蹤了，可能像老鼠一樣在暴風雨中淹死了，他那個獐頭鼠輩。指望他的支持是徒勞無功的，你們唯一指望就是祈求城市的寬恕。」

護法們又開始大吼大叫。守護者對部隊上尉點點頭，「把他們帶走，他們將以叛國罪，還有虐待看管中心孩子的惡行移送法辦。」

國民兵把護法們帶出屋外後，守護者轉身面對剩下的市民。她尚未開口前，一道白影在地板上蹦蹦跳跳，接著跳上她的桌子。

「是布魯！」歌蒂說。

樓下大廳幾乎每個人都跳了起來。「有隻狗！」他們叫道，「小心！有隻狗！」

父母緊緊抱住孩子，準備逃跑，就連在陽台上，歌蒂都可以清楚看見大家驚慌失措的表情。聽見舊城區有老鼠和蛇也許是小事，但這可是一隻活生生的狗，璀璨城已經有兩百年沒有出現過這種生物了，而現在，牠就眼睜睜地在大家面前！

只有管理員冷靜地待在原地。管理員——以及守護者。

布魯似乎沒有注意到自己造成的混亂。他沿著桌面輕盈地跑，停在守護者面前，搖著白色的捲尾巴。守護者猶豫不決地看著他，西紐彎下身子，在她耳邊低聲說了幾句話。

守護者點點頭，轉身面對群眾。「我們……我們的城市正在改變。」她大聲說，語氣有點結巴，「就我所知，很久以前，人類和狗曾經共同生活，而且相處得十分融洽。」她嚥了一口口水，「我認為未來的日子，人類和狗沒道理不能繼續融洽地生活在一起。」

接著，令歌蒂驚訝的是，她伸出手，小心翼翼地拍了拍布魯的頭。

在場的人無不發出驚嘆聲。大家神情謹慎，一個個慢慢回到桌旁。只有孩子們無所畏懼，他們對布魯伸出雙臂，興奮地尖叫。小狗搖搖尾巴，從桌子中央跳下來。

他逗趣的模樣讓孩子們叫得更大聲，歌蒂看見菲佛揚起微笑。布魯眉飛色舞，繞圈圈追逐自己的尾巴。

守護者笑了。

就這麼一個微笑，彷彿堤防再次潰堤一般，讓大廳充滿笑聲，滿溢了每個角落，對暴風雨的恐懼就這樣一掃而空。

布魯在桌旁蹦蹦跳跳。他跳到大家的腿上，又是舔臉，又是舔手，沒有人例外。不久後，大廳裡一半的孩子圍繞在他身邊，爭先恐後地搶著摸他。就連最為緊張的大人也坐回位子上，臉上露出大大的笑容，彷彿走失已久的手足回到門前，讓他們突然想起自己以前有多麼愛他。

邦妮靠在陽台上看出去，目光鎖定在布魯身上。「阿沫，你覺得爸媽會讓我們養狗嗎？」

阿沫沒有回應，神情沮喪。「真掃興。」他喃喃自語。

「你應該要感到高興。」邦妮說，轉來轉去看著自己的哥哥，「一切都改變了！我已經整整三天沒戴守護鏈了，現在這裡還出現了一隻狗！」

「結束了，再也沒有逃家的藉口了。」阿沫抱怨地說，「現在開始他們會期望我們心滿意足，期望我們變乖！」他沉下臉看著歌蒂，「我想妳會回家，然後再次當個乖女孩吧。」

歌蒂低頭看著擁擠的大廳。布魯現在正坐在菲佛的大腿上，身旁圍繞一群喜愛他的孩子。他輕柔地搖晃尾巴，抬頭仰望歌蒂，兩顆黑色眼睛閃耀著神秘的睿智。

突然，歌蒂感覺到博物館無所不在。它的神秘與狂野、美麗與危險，以及惡魔廚房館、大無畏館、鐵石心腸館等還沒見識過的上百個房間，正等著她去探索。

她摸了摸別在胸前的藍色小鳥，想起了佩斯阿姨，勇敢的佩斯阿姨。

「回家當乖寶寶？」她對阿沫咧嘴一笑，搖搖頭，「冒險才剛開始呢。」

32 同時……南邊兩百哩外

汪洋大海中，一男一女正緊緊抓著一片殘骸。兩人雖然還活著，卻也已經半死不活。他們衣衫襤褸，鼻青臉腫，幾乎無法辨識。暴風雨已過去，兩人極度虛弱，他們知道自己可能撐不了多久了，很快地，深海就會奪去他們的性命。

起初，他們以為漁船只是海市蜃樓，那些驚叫聲，那些把他們從海中拖上甲板的強壯手臂——想當然耳都只是燒燙的腦袋用來捉弄他們的殘酷詭計。

直到過了一小時以後，當他們裹著溫暖的毛毯，身邊圍繞許多好奇的漁夫，他們才終於相信自己得救了。

「真是算你們幸運，讓我們給發現了。」一名最高大的漁夫說，他看起來似乎是船上的負責人。「我們現在遠遠偏離原本的海域，被那陣狂風吹亂了路線，等我們重新往南駛去的時候，發現了你們。」

「你們兩人那時候像溺水的老鼠一樣，緊緊抓住那塊板子！」另一名男子說。

「現在看起來還是像兩隻溺水的老鼠！」第三名男子說，漁夫們全都捧腹大笑起來，發出轟隆作響的聲音。

那女人用一隻手肘使勁地把自己撐起來。「放尊重點，」她嘶啞地說，聲音因高燒和海水而沙啞。她指了指她的同伴，「你們不曉得他是誰嗎？他是——」

「什麼都不是！」她的同伴立刻回答。他帶著歉意，向在場觀看的人們揮了揮手，「請原諒我的朋友，她腦袋糊塗了，我不是什麼重要人士。」接著他對這群漁夫微笑，儘管他傷痕累累，笑容卻格外迷人……

國家圖書館出版品預行編目(CIP)資料

博物館之賊 / 蓮恩.塔納作 ; 周倩如譯. -- 初版.
-- 臺北市 : 春天出版國際, 2019.10
面 ; 公分. -- (D小說 ; 26)
譯自 : Museum of Thieves
ISBN 978-957-741-238-6(平裝)

876.57 108016737

D小說 26

博物館之賊

Museum of Thieves

作　　者　蓮恩・塔納
譯　　者　周倩如
總 編 輯　莊宜勳
主　　編　鍾靈
出 版 者　春天出版國際文化有限公司
地　　址　台北市信義路四段458號3樓
電　　話　02-7718-0898
傳　　眞　02-7718-2388
E－mail　frank.spring@msa.hinet.net
網　　址　http://www.bookspring.com.tw
部 落 格　http://blog.pixnet.net/bookspring
郵政帳號　19705538
戶　　名　春天出版國際文化有限公司
法律顧問　蕭顯忠律師事務所
出版日期　二〇一九年十月初版
定　　價　240元

總 經 銷　楨德圖書事業有限公司
地　　址　新北市新店區寶興路45巷6弄6號5樓
電　　話　02-8919-3186
傳　　眞　02-8914-5524
香港總代理　一代匯集
地　　址　九龍旺角塘尾道64號 龍駒企業大廈10 B&D室
電　　話　852-2783-8102
傳　　眞　852-2396-0050

ISBN 978-957-741-238-6　Printed in Taiwan